KB114336

호

장편소설

차례

1부

립글로스

✦

늦은 밤이었다. 차량 통행이 거의 끊어진 도로를 줄지어 선 가로등만이 무심히 밝혀주었다. 버스는 아기 요람을 흔들듯이 부드럽게 덜컹거리며 달려갔고, 몇 안 되는 승객들은 요람 속의 아기처럼 대부분 느긋하게 졸고 있었다.

그리고 그의 옆에는 그녀가 앉아 있었다.

창밖을 바라보는 척하면서 그는 사실 창에 비친 그녀를 바라보고 있었다. 커다란 은빛 상자를 무릎 위에 얹고, 그녀는 꼿꼿이 등을 세우고 앉아 정면을 뚫어지게 응시하고 있었다. 석 달 동안, 밤마다 그녀는 그렇게 꼿꼿이 등을 세우고, 무릎에는 마법사의 도구 상자 같은 은빛 상자를 얹고, 정면을 응시하며 앉아 있었다. 석 달 동안, 밤마다 그는 그런 그녀의 옆모습을, 뒷모습을, 길고 풍성한 머리카락을, 반짝이는 귀걸이가 달린 조가비처럼 희고 작은 귀를, 날렵한 콧날을 훔쳐보았다. 그리고 어젯밤, 버스에 오르다가 눈이 마주친 그녀가 살짝 미소를 띠고 가볍게 고갯짓으로 인사한 순간, 그는 결심했다. 무슨 일이 있어도 그녀에게 말을 걸겠다고.

그러나 결심은 그냥 결심으로 끝나버렸고, 그녀의 무릎 위에 놓인 마법사의 은빛 상자를 훔쳐보며 그가 자신의 첫인상을 결정지을 한마디를 고르고 또 고르는 동안에 그녀는 갑자기 일어나서 내려버렸다. 교통카드가 찍히는 삑, 소리를 들으며 그는 필사적으로 입을 열었으나 목에서 나온 것은 '아······'뿐이었고, 그녀는 이미 닫힌 버스 문밖으로 사라지고 없었다.

그리고 오늘, 그녀는 어제 그에게 미소와 함께 인사를 보냈던 것을 기억도 못 하는 듯, 또다시 정면만 뚫어지게 응시하며 꼿꼿하게 앉아 있었다. 폭신폭신해 보이는 풍성하고 매끄러운 갈색 머리카락이 그녀의 얼굴을 반 이상 가렸다. 버스 안의 불빛에 반사되어 윤기가 흐르는 불그스름한 갈색 머리카락을 보면서 그는 불현듯 어느 숲에서든 낙엽 사이를 구르며 달을 쳐다보고 싶은 충동을 느꼈다.

순간 그녀가 손을 들어 머리카락을 쓸어 올렸다. 작고 오뚝한 콧날과 함께 하얗고 매끈한 뺨과 갸름한 턱선이 드러났다. 뺨에 천천히 보조개가 파였다. 그녀는 웃고 있었다.

보조개가 오목하게 파인 도자기 같은 뺨 위로, 기다란

귀걸이가 버스 진동에 맞춰 규칙적으로 흔들리면서 조그
만 별처럼 반짝이는 빛의 가루를 뿌리는 마술 같은 광경
을 그는 넋을 잃고 훔쳐보았다.

"야! 전화 받으라니까!"

남자의 고함 소리에 그는 퍼뜩 정신이 들었다.

"손님, 운전 중에는 전화 못 받습니다. 자리에 앉으세요."

"아니, 우리 마누라가 데리러 나오기로 했단 말이야.
그런데 내가 어디 있는지를 모른다잖아. 네가 운전기사면
집까지 날 데려다줘야 할 거 아냐. 고객 서비스 몰라? 고
객 서비스!"

처음 버스에 탔을 때부터 큰 소리로 전화를 하던, 술
취한 중년 남자였다. 지금은 운전기사에게 휴대전화를 들
이대며 고함을 치고 있었다.

"글쎄 전 지금 전화 못 받아요. 그리고 운행 중에 그렇
게 서 계시면 위험하다니까요. 자리에 앉으세요."

"이 자식이 고객을 무시하나? 야, 너 지금 나 무시해? 응?"

중년 남자는 큰 소리로 욕설을 쏟아내며 휴대전화를
든 손을 위협적으로 휘둘렀다. 서른이 채 안 돼 보이는,
아직 젊은 버스 운전기사는 운전하랴 남자를 달래 자리에
앉히랴 애쓰면서 쩔쩔맸다. 버스는 강변을 지나는 중이었
고, 오른쪽으로 보이는 심야의 한강은 도시의 색색 가지
불빛을 찬란하고도 공허하게 반사했다.

"⋯⋯셋, 둘, 하나."

갑자기 옆에 앉은 그녀가 나지막하게 속삭이는 소리

가 들렸다. 그는 고개를 돌렸다. 마법사의 은빛 상자 위에 얹힌 가늘고 하얀 오른손이 엄지와 중지를 딱, 하고 튀겼다. 그리고, 그 순간 앞에서도 딱, 소리와 함께 운전기사의 어크, 하는 비명 소리가 들렸다.

"집에 가야 한다고 하잖아, 이 새끼야! 집에 내려달란 말이야!"

술 취한 중년 남자는 운전기사의 멱살을 잡고 얼굴을 때리다가 갑자기 휘청이며 운전대에 매달렸다. 버스가 왼쪽으로 90도 회전을 했다. 그는 앞좌석 등받이에 처박혔다.

"뭐 하시는 겁니까! 이거 놓으세요! 사고 나요!"

운전기사는 필사적으로 외치며 중년 남자를 뿌리치고 중앙선을 피해 오른쪽으로 운전대를 틀었다. 그는 간신히 몸을 세웠다가 다시 중심을 잃고 옆 좌석에 앉은 그녀의 어깨에 처박혔다. 이건 나쁘지 않다고 그는, 한순간뿐이었지만, 생각했다.

죄송합니다, 라고 말하려 했으나 그럴 겨를도 없이 버스는 다시 왼쪽으로 방향을 바꿨다. 그는 다시 창문 쪽으로 내던져졌다. 창문에 동댕이쳐진 순간 창밖의 한강이 그의 눈에 들어왔다. 버스는 뒤이어 오른쪽으로 틀었다. 그는 등을 그녀에게 대고 쓰러졌다. 창밖의 한강이 점점 가까워져 보였다. 중앙선을 넘지 않으려는 운전기사와 집이 어디인지 모르는 취객 덕분에 버스는 도로를 벗어나 한강으로 추락하려 하고 있었다.

무언가 그의 어깨를 가볍게 건드렸다.

"……받으세요."

그는 힘겹게 자세를 바로잡고 고개를 돌렸다. 그녀의 웃음 띤 커다란 갈색 눈과 시선이 마주쳤다. 그는 버스도, 취객도, 위협적으로 가까이 다가오던 한강도 잊었다.

그녀가 다시 말했다.

"받으세요, 이거."

그는 영문도 모른 채 엉겁결에 주는 대로 받았다. 작은 치약 통처럼 생긴 플라스틱 튜브였다.

"일어서서, 운전석 쪽으로 가세요."

그녀가 속삭였다.

"오른쪽으로 세 번 돌려서 뚜껑을 열고, '정길아!'라고 외치세요. 그러면 저 술 취한 아저씨가 돌아볼 거예요. 그때 얼른 이걸 짜서 아저씨 코에다 바르세요."

그는 어리둥절해하며 그녀의 얼굴을 들여다보았다.

"알았죠? 오른쪽으로 세 번, 정길아, 그리고 꼭 코에다 발라야 해요."

그녀는 어린아이를 타이르듯 차분하게 말했다.

"잘할 수 있죠? 안 그러면 버스가 추락해서 모두 다 죽어요."

그는 얼떨결에 고개를 끄덕였다.

"자, 가세요."

그녀는 몸을 틀어 좌석을 나갈 공간을 만들어주었다. 그는 시키는 대로 플라스틱 튜브를 움켜쥐고 미친 듯이 갈지(之)자를 그리는 버스 안에서 곡예를 하듯 운전석을 향해 다가갔다.

롤러코스터처럼 흔들리는 버스 안에서 이동을 하기란 거의 불가능에 가까웠다. 엉거주춤한 자세로 좌석 손잡이를 하나씩 부여안듯 잡아당기면서 간신히 앞으로 나아가는 한 걸음, 한 걸음이 그에게는 영겁의 세월처럼 느껴졌다. 다시 버스가 급하게 좌회전을 하면서 잔뜩 쏠려 그는 어느 아주머니 위로 엎어졌다.

"죄송합니다……."

아주머니는 대답하지 않았다. 버스가 이렇게 요동을 치는데도, 취객이 운전사에게 주먹을 휘두르며 고래고래 욕설을 쏟아붓는데도, 아주머니는 마치 접착제로 붙인 듯 좌석에 편안히 앉아 미동도 없이 자고 있었다.

그는 몸을 일으켜 다른 승객들을 둘러보았다. 맨 뒷좌석의 대학생 커플도, 그 앞자리의 고등학생도, 문제의 아주머니도, 그 앞의 젊은 여성도, 모두 편안히 자리에 앉아 창백한 얼굴로 잠들어 있었다.

소름이 등줄기를 따라 차가운 전류처럼 흘렀다. 그는 그녀를 돌아보았다.

'뭐 해요, 빨리, 빨리……'라고 입 모양으로 말하면서 그녀는 손짓으로 재촉했다.

그는 다시 운전석 쪽으로 나아가기 시작했다. 몇 번이나 넘어진 끝에 운전석 바로 뒤의 좌석에 도달하여 그는 다시 한번 그녀를 돌아보았다. 그녀는 뚜껑을 돌리라는 손짓을 했다.

그녀가 시키는 대로 그는 오른쪽으로 세 번 뚜껑을 돌렸다. 그 순간 다시 버스가 급회전하는 바람에 그는 뚜껑을 놓쳤다. 튜브까지 놓칠까 봐 그는 손에 힘을 꽉 주었다. 그러자 튜브 밖으로 짙은 분홍색의 끈적끈적한 물질이 왕창 쏟아져 나왔다.

"정길아!"

그는 있는 힘을 다해서 큰 소리로 불렀다. 운전기사와 취객이 동시에 그를 돌아보았다. 그는 튜브를 오른손에 옮겨 쥐고, 달콤한 냄새를 풍기는 짙은 분홍색의 끈끈한 물질이 잔뜩 묻은 왼손으로 중년 남자의 얼굴을 난폭하게 문질렀다. 코를 조준할 여유 따위는 없었으므로, 대충 코 부근에 최대한 많이 묻기를 바라는 수밖에 없었다.

"넌 뭐야? 어……."

코에 끈끈한 짙은 분홍색 물질을 잔뜩 묻힌 중년 남자는 잠시 얼빠진 표정으로 그를 쳐다보더니 가장 가까운 좌석으로 빨려 들어가 주저앉았다. 중년 남자를 빨아들인 좌석은 안전벨트까지 철컥, 채우는 세심함을 보여주었다. 그리고 중년 남자는, 다른 승객들이 모두 그렇듯, 창백한 얼굴로 평온하게 졸기 시작했다.

운전기사는 여전히 겁에 질린 얼굴로, 그러나 어리둥절하여, 잠든 취객과 그를 번갈아 쳐다보았다.

갑자기, 마치 영화의 한 장면처럼, 앞창에 하나 가득 가드레일과 그 너머의 한강이 눈에 들어왔다.

"저거, 저거! 저기……!"

차를 세우라든가 가드레일을 받겠다든가 등등의 제대로 된 문장은 생각해 낼 수 없었다. 그러나 어쨌든 의미는 제대로 전달되었다. 그의 다급한 표정과 목소리에 운전기사가 고개를 돌렸다.

그 뒤로 이어진 순간들은 기묘하게 느렸다고 그는 기억한다. 운전기사는 브레이크를 밟았고, 운전대를 틀었고, 버스는 가드레일을 들이받았다. 차체와 가드레일이 충돌하는 굉음은 상상외로 컸고, 그 충격에 그는 균형을 잃고 다시 아무렇게나 내동댕이쳐졌다. 추락한다, 고 그는 생각했다.

그러나 한강은 버스를 덮치지 않았다. 예상과는 반대로, 사방이 갑자기 조용해졌다. 가드레일을 받은 반동으로 뒤로 밀린 것 같았다. 그리고 마침내 버스는 완전히 멈추었다.

통로 바닥에 내던져져 엎어져 있다가 그는 몸을 힘겹게 일으켰다. 주위를 둘러보았다. 젊은 운전기사가 운전대를 껴안다시피 꽉 붙잡고 덜덜 떨고 있는 것이 보였다.

"아저씨, 괜찮아요? 안 다쳤어요?"

운전기사가 그를 올려다보고 고개를 끄덕였다. 아까 주먹다짐의 흔적인 듯, 상의의 옷깃이 찢어지고 입과 뺨 주변이 벌겋게 부어올라 있었다. 그러나 운전기사는 일단 무사해 보였다.

"전화해요, 전화. 경찰 불러요."

운전기사는 고분고분 허리춤에서 휴대전화를 꺼내 버튼을 눌렀다.

그는 돌아섰다. 몇 안 되는 승객들은 여전히 창백한 얼굴로 죽은 듯이 잠들어 있었다. 이 모든 사태의 원흉인 중년의 취객도 자리에서 완전히 곯아떨어져 코까지 골면서 태평하게 자고 있었다.

……그리고 그녀는 사라지고 없었다.

그는 서둘러 그녀가 앉아 있던 자리로 갔다. 옆 좌석, 뒷좌석, 앞좌석, 심지어 좌석 밑까지 샅샅이 살펴보았으나 어디에도 그녀는 없었다. 창문은 닫혀 있었다. 그는 창문을 열고 고개를 내밀었다. 주위에 인적은커녕 지나가는 차 한 대도 없었다.

"여기 앉아 있던 여자 못 봤어요? 큰 은색 상자를 들고 있던 아가씨……."

대학생으로 보이는 커플과 그 옆 좌석의 고등학생을 흔들며 물어보았지만 대충 고개를 젓고는 다시 잠들어 버릴 뿐이었다. 그는 버스에서 내리려 했다. 그러나 뒷문이 닫혀 있었다.

"아저씨! 아저씨! 여기 문 열어줘요!"

운전기사가 겁에 질린 표정으로 돌아보았다.

"어딜 가시게요? 이제 경찰이 곧 온다는데, 목격자 증언 해주셔야죠!"

"증언이 문제예요? 승객이 하나 없어졌어요. 창밖으로 튕겨 나갔을지도 몰라요. 문 열어줘요! 빨리!"

기사가 잠시 망설이다 뒷문을 열어주었다. 그는 버스에서 뛰쳐나왔다. 그리고 차가 지나온 방향으로 젖 먹던 힘까지 다해서 뛰었다.

그러나 그녀의 흔적은 어디에도 없었다.

사고 지점 주위를 몇 번이나 맴돌던 그는 버스로 돌아갔다. 운전기사의 말을 믿고 경찰을 기다렸다. 그러나 아무리 기다려도, 아무도 오지 않았다. 직접 119에 전화했다. 그제야 경찰과 구급차가 도착했다.

그는 증인 자격으로 경찰서로 실려 갔다. 술기운과 잠기운에서 마침내 깨어난 중년의 취객은 버스 운전기사를 폭행하고 운전대를 마음대로 돌려, 자신을 포함한 승객 일곱 명과 버스 운전기사까지 총 여덟 명을 태운 버스를 한강으로 처박을 뻔했다는 사실을 놀랄 만큼 겸손한 태도로 쉽게 인정했다. 남자의 이름은 박정길이었으며 직업은 뜻밖에도 어느 유명한 대학의 교수라고 했다.

그는 운전기사와 승객 일곱 명의 생명을 구하기 위해 노력한 '용감한 시민'이 되어 경찰의 칭찬을 받았다. 승객이 그를 포함하여 일곱 명이 아니라 여덟 명이었다고 아무리 주장해도, CCTV 기록을 돌려보자고 아무리 간청해도, 모두들 용감한 사람이라고 대충 성의 없는 칭송을 늘어놓을 뿐, 아무도 진지하게 듣지 않았다.

경찰서를 나왔을 때는 이미 환하게 동이 터 있었다. 그의 왼손에는 여전히 아무리 닦아도 완전히 닦이지 않는

끈끈한 분홍색 물질이 달콤한 냄새를 풍기고 있었고, 집에 도착할 때까지도 그는 '하이-샤인 립 트리트먼트 14호'라고 적힌, 뚜껑이 사라지고 내용물이 대부분 비어버린 작은 플라스틱 튜브를 손에 꽉 쥐고 있었다.

하룻밤

✦

그녀를 다시 만난 것은 일주일이 지난 뒤, 같은 번호의 심야 버스 안에서였다. 마치 아무 일도 없었던 것처럼, 그녀는 낯익은 은빛 상자를 무릎 위에 얹고, 언제나 그렇듯 등을 꼿꼿이 세운 채 정면을 응시하고 앉아 있었다.

그녀의 뒷자리에서 주머니 속의 작은 플라스틱 튜브를 만지작거리며 그는 망설였다. 말을 걸어야 할까?

물론 말을 걸어야만 했다. 일주일 전의 버스 사건에 관한 여러 가지 의문들이 몸속을 꽉 채우고 부풀어 올라, 건드리면 툭 튀어나올 것만 같았다. 취객의 이름을 그녀는 어떻게 알았는가? 남자의 코에 립글로스를 바르면 남자가 진정될 것이라는 사실은 또 어떻게 알았는가? 좌석이 남자를 빨아들여 앉히고 안전벨트까지 채운 것은 또 무슨 조화인가? 승객들은 어떻게 모두 자리에 앉아 얌전히 졸고 있었는가? 그리고 무엇보다도, 그녀는 그 모든 혼란의 와중에 도대체 어디로, 어떻게, 흔적도 없이 사라진 것인가?

　뭐라고 말을 걸어 어떻게 질문할 것인지 궁리하며 그는 그녀의 뒤통수와 붉게 빛나는, 윤기 흐르는 갈색 머리카락을 들여다보았다. 뒤통수에는 머리핀이 꽂혀 있었다. 조명에 따라 옅은 분홍색으로도 보이고 은색으로도 보이는 리본 모양 바탕에 반짝이는 모조 보석이 한 줄로 박힌, 예쁘지만 어디서나 볼 수 있는 평범한 머리핀이었다. 평범하다고 생각하면서도 그는 그녀의 머리핀에서 눈을 뗄 수 없었다. 버스가 부드럽게 덜컹거릴 때마다 리본 모양 바탕은 분홍색으로, 옅은 크림색으로, 은색으로 색깔을 바꾸었고, 모조 보석 알들은 한 줄로 늘어서서 반짝반짝 형광등의 불빛을 반사했다. 그는 일주일 전, 그녀가 옆자리에 앉았을 때, 그녀의 도자기처럼 하얀 뺨에 보조개가 조그맣게 패면서 그 위로 달랑달랑 흔들리는 기다란 귀걸이가 별처럼 반짝이며 빛을 뿌리던 마술 같은 광경을 기억했다. 그녀는 아름다웠다. 그녀는 마술처럼 아름다웠다.

　……그리고 그녀의 도자기처럼 하얗고 매끈한 얼굴이 천천히 고개를 돌려 그를 쳐다보았다. 갈색의 커다란 눈동자가 그를 향해 웃었다. 폭신폭신하고 불그스레하게 빛나는 윤기 흐르는 갈색 머리카락에 완전히 매혹되어 그는 자기도 모르게 손을 뻗었다. 그녀의 탐스러운 갈색 머리카락은 점점 더 자라나더니 온몸을 휘감고 땅에까지 길게 끌렸다. 그는 아름다운 머리카락이 땅에 끌리는 것이 안

타까워, 몸을 굽혀 양손으로 머리카락 다발을 받쳐 들었다. 순간 그는 보았다. 땅에 끌리는 머리카락이라고 생각했던 것은 꼬리였고, 그가 받쳐 든 것 외에도 그 뒤로 몇 개나 더 있었다.

그는 땅에 무릎을 꿇고 앉아 복슬복슬하고 윤기 흐르는 갈색 꼬리들을 얼굴에 대보았다. 꼬리는 포근하고 따뜻했고, 기묘하게 낯익은 달콤한 냄새를 풍겼다. 그리고 그녀는 자신의 꼬리에 얼굴을 파묻은 그를 내려다보면서 또다시 조그만 보조개를 양 볼에 지은 채 하얗게 웃고 있었다…….

—딱!

그는 눈을 떴다. 버스 정류장이었다. 눈앞에 그녀가 서 있었다. 그가 어리둥절한 표정으로 쳐다보자 그녀는 여전히 웃는 얼굴로 오른손 엄지와 중지를 까딱까딱 움직여 보였다.

"정신이 들어요?"

"예? 아, 예……."

"그래서, 할 말이 뭐예요?"

"예?"

그는 그녀의 얼굴을 멍하니 들여다보았다.

"무슨 중요하게 할 말이 있다고, 저 따라 내렸잖아요?"

"……."

"기억 안 나요?"

그의 표정을 보고 그녀는 웃었다. 그리고 말했다.

"커피 한잔할래요?"

"예?"

그녀는 다시 웃었다.

"저, 바로 요 앞에 살아요. 아직도 좀 어지러워하는 것 같으니, 제가 뜨거운 걸로 뭐라도 한 잔 드릴게요."

그는 무작정 고개를 끄덕였다.

그녀는 도자기 드리퍼 안쪽에 종이 필터를 깔고 유리병에 담긴 분쇄된 커피 원두를 숟가락으로 재어 넣은 후 주둥이가 긴 주전자로 뜨거운 물을 부었다. 주전자를 이리저리 돌려서 커피 원두에 골고루 물이 배게 하는 그녀의 능숙한 손놀림을 그는 홀린 듯이 넋을 잃고 보고 있었다. 그녀가 무엇을 하든, 그는 무작정 넋을 잃고 보고 있었다. 그녀가 통성명도 하지 않은 정체불명의 낯선 남자를 이토록 쉽게 집에 들였다는 사실도, 자신이 사고 현장에서 사라진 정체불명의 여자를 따라 집까지 와서 그녀가 주는 음료를 받아 마시고 있다는 사실도, 전혀 마음에 걸리지 않았다. 커피는 뜨거웠고, 온 방 안을 휘감는 향기를 내뿜었으며, 설탕을 넣지 않았는데도 기분 좋게 달짝지근했다.

"그래서, 무슨 말을 그렇게 하고 싶었어요?"

그녀가 옆에 다가앉아서 물었다.

대답 대신 그는 주머니에서 작은 플라스틱 튜브를 꺼내 내밀었다.

"어머, 그걸 아직까지 가지고 있었어요?"

그녀는 웃었다. 그리고 그의 손에서 튜브를 건네받았다. 자신의 입술에 대고 짜낸 후, 여자들이 흔히 하듯이 위아래 입술을 비볐다. 그리고 뚜껑을 왼쪽으로 세 번 돌려 닫았다.

"아, 뚜껑……."

"왜요?"

"잃어버렸는데……."

"괜찮아요. 돌아왔으니까."

그녀는 미소 지으며 말하고 일어서서 손가방을 놓아둔 곳으로 갔다. 립글로스 튜브를 손가방에 넣고 탁, 하고 소리 내어 잠금 쇠를 닫았다.

"고마워요."

그녀는 다시 그의 옆에 와서 앉았다.

"저걸 돌려주려고 여기까지 온 거예요?"

"아, 저, 예……."

그녀는 다시 웃었다. 분홍색으로 반짝이는 입술 사이로 희고 고른 치아가 보였다.

"보기보다 귀여운 사람이네."

그리고 그녀는 그에게 키스했다. 그녀의 입술은 촉촉하고 부드러웠고, 익숙하게 달콤한 향기를 풍겼다.

그녀는 그를 침대에 눕히고 셔츠의 단추를 하나씩 풀었다. 그는 그녀의 가늘고 긴 하얀 손가락과, 자신의 가슴 위로 쏟아진 그녀의 풍성한 갈색 머리카락을 바라보았다.

"왜, 나였어요?"

"쉿."

그녀가 단추를 풀다 말고 그를 쳐다보았다. 그리고 가까이 다가와 귓가에 속삭였다.

"안 자고, 깨어 있었으니까."

그리고 그녀는 귀에 살짝 입 맞춘 후 다시 단추를 풀기 시작했다. 그는 다시 물었다.

"그럼 난, 왜 깨어 있었던 거예요? 모두들 자고 있었는데……."

"쉬잇."

그녀는 다시 다가와 귓가에 속삭였다.

"날 보고 있었으니까."

그녀가 마지막 단추를 푸는 것을 보며 그는 세 번째로 물었다.

"그럼, 정말 버스에 있었던 것 맞죠? 어떻게 사라진 거예요? 왜 가버렸어요?"

"그만."

그녀는 손가락으로 그의 입을 막았다. 그리고 작은 플라스틱 튜브의 뚜껑을 오른쪽으로 세 번 돌려 열고 달콤한 냄새를 풍기는 분홍색 끈끈한 액체를 그의 입술에 발랐다. 립글로스를 아까 거실에 있는 손가방에 넣고 탁, 하고 잠금 쇠를 닫는 걸 분명히 봤는데, 어떻게 침실에 나타났느냐고 묻고 싶었으나 입이 열리지 않았다.

"이젠 말하지 말아요."

그녀는 셔츠 단추를 다 풀고 나서 그의 머리카락을 부드럽게 쓰다듬고는 그를 보고 웃었다.

"아무 말 하지 말고 내가 하자는 대로만 해요."

그는 복종했다. 그녀가 시키는 대로 육체와 정신을 그녀에게 맡기고 그는 그대로 녹아버렸다.

다음 날 아침에 깨어났을 때까지도, 전날 밤의 달콤하고 녹지근한 후유증이 몸 곳곳에 남아 있었다. 저절로 웃음이 나왔다. 그는 기지개를 켜고 나서 몸을 일으켰다. 순간 갑자기 기운이 쭉 빠지면서 현기증이 밀려왔다.

"무리하면 안 돼요. 커피 마셔요."

그녀가 어느새 옆으로 다가와 커피 잔을 내밀었다. 주는 대로 그는 컵 속에 든 뜨겁고 향기로운 액체를 마셨다. 카페인이 몸속을 돌면서 눈앞이 개는 것이 느껴졌다.

"나 이제 출근해야 해요. 더 있고 싶으면 좀 더 있어도 좋아요. 식탁에 빵 있으니까 먹어도 되고. 갈 때 문만 잘 닫고 가줘요."

서둘러 나가는 그녀의 뒷모습에 대고 그가 소리쳤다.

"저기요, 잠깐만요."

그녀가 돌아섰다.

"왜요?"

"이름……, 가르쳐주세요."

그녀는 웃었다. 어젯밤처럼, 분홍빛 입술 사이로 희고 고른 치아가 보였다.

그녀는 그에게 다가와서 이마에 키스했다.

"황지은이에요. 됐어요?"

"저기, 가능하면 전화번호도 좀……."

그녀는 소리 내어 웃었다. 그리고 손에 뭔가를 쥐여주었다.

"됐죠? 나 정말 나가야 해요."

그는 다급하게 물었다.

"저기, 또 만날 수 있어요? 여기, ……또 와도 돼요?"

그녀는 살짝 미소 지었다.

"올 수 있으면 와봐요."

그리고 그녀는 나가버렸다.

그는 그녀가 손에 쥐여주고 간 것을 들여다보았다. 명함은 은은하게 반짝이는 재질의 두꺼운 종이로 만들어져 있었다. '황지은, 메이크업 아티스트' 그리고 휴대전화 번호 외에는 아무것도 적혀 있지 않았다.

그녀가 나간 후 그는 욕실로 가 몸을 씻고 그녀가 식탁에 차려두고 간 빵과 과일로 간단한 아침 식사를 했다. 조금 서비스 정신을 발휘해서 먹고 난 접시는 깨끗이 설거지했다. 그리고 그녀의 거처를 둘러보았다. 침실, 거실, 부엌, 욕실이 있는 평범한 오피스텔이었다. 깔끔하게 정리되어 있고 볕이 잘 들기는 했지만, 가구도 살림살이도 모두 평범했고 아무 특징도 없었다.

그는 느지막이 그녀의 집을 나왔다. 지금 위치가 정확히 어디인지는 알 수 없었으나, 늘 타고 다니는 버스의 노선 어딘가에 있을 것이라고 생각했다. 오피스텔의 현관문은 닫으면 자동으로 잠기고, 번호를 눌러 여는, 역시 평범한 현관문이었다. 문에는 '490'이라는 호수가 찍혀 있었다. 기억하기 위해서 어딘가에 적어두고 싶었으나, 종이는 그녀가 준 명함뿐이었고 필기도구는 하나도 없었다. 휴대전화에 입력해 두려고 꺼냈으나 배터리가 다 닳았는지 켜지지 않았다. 할 수 없이 그는 '490'을 머릿속에 되뇌며 엘리베이터를 탔다.

1층으로 내려와 건물을 나와서 그는 오피스텔의 이름과 위치를 확인하려고 뒤돌아보았다. 그곳은 폐건축재가 버려진, 짓다 만 공사장이었다. 주변에는 잡초가 무성하게 우거졌을 뿐, 어디에도 오피스텔은 없었다.

그는 황급히 주머니 속을 뒤져보았다. 그녀가 준 명함은 그대로 있었다. 그러나 반짝이는 재질의 두꺼운 종이에는 아무것도 적혀 있지 않았다. 빈 종이가 된 명함을 다시 주머니에 넣고 그는 걷기 시작했다. 큰길은 어렵지 않게 찾을 수 있었다. 그러나 그곳은 그가 늘 타고 다니는 버스 노선과는 거리가 먼, 완전히 낯선 동네였다. 버스 정류장을 찾아내어 노선도를 들여다보았으나 전혀 알 수가 없었다. 마침 길모퉁이에 지하철역 입구가 보였다. 계단을 내려가면서 그는 어쩐지 이럴 줄 알았다는 생각이 들었다.

지하철 안에서 그는 몇 번이나 주머니 속의 명함을 꺼내 아무것도 적혀 있지 않은 하얗고 반짝이는 표면을 들여다보았다. 그녀를 꼭 다시 만나야 한다고, 꼭 다시 만나고 싶다고, 그는 절박하게 생각했다.

여우 굴

✦

그녀를 다시 만나게 된 것은 우연이었다.

메이크업 아티스트가 뭘 하는 사람인지조차 몰랐던 학원 강사가, 진짜인지 가짜인지도 알 수 없는 이름 하나만 가지고, 실제로 존재하는지조차 의심스러운 여자를 찾아낼 수 있을 리는 물론 없었다. 인터넷을 이리저리 검색하여 무슨 협회라는 곳에도 여기저기 전화해 보고, 메이크업 학원, 미용실, 방송국과 영화사, 그 밖에 생각할 수 있는 곳에 모두 물어보았으나 결과는 허탕이었다. 아는 사람이 하나도 없거나, 아니면 동명이인이 너무 많았고, 때로는 스토커 혹은 정신병자 취급도 당했다.

그는 일상으로 돌아왔다. 주변 사람들로부터 살이 빠졌다, 우울해 보인다, 피곤해 보인다는 말을 자주 들었으나 그것도 시간이 지나면서 나아졌다. 아버지 생신에 모처럼 친척들이 모였을 때 그의 몰골을 보고 할머니가 '저

녀석 상사병 아냐?'라고 했을 때는 가슴이 철렁했으나 농담으로 얼버무렸다.

그러나 그는 확실히 상사병에 걸려 있었다. 그녀도 자신을 생각하는지는 알 수 없었으므로 서로 생각하는(相思) 병이라고 하기에는 어폐가 있었으나, 적어도 그는 언제나 그녀를 생각하고 그리워했다.

출구 없는 갈망은 큰 구렁이가 감기듯 무겁고 답답하게 가슴을 조여 왔고, 핏줄 속으로 독을 뿜어 생기를 앗아갔다. 가슴이 먹먹해 올 때마다 그는 지갑 속에 넣어둔, 아무것도 적혀 있지 않은 빈 명함을 꺼내 보았다. 혹시나 자국이 있을까 해서 불빛에도 비춰 보고 손가락으로 문질러 보기도 했으나, 반짝이는 흰 표면은 무심하게 매끈할 뿐이었다.

같은 학원 동료 강사의 결혼식에 다녀오던 날이었다. 버스를 타고, 다시 지하철로 환승해 한 번 더 갈아타야 했다. 지하철역 개찰구에서 교통카드 판독기에 지갑을 대었으나 계속 오류가 났다. 투덜거리며 지갑을 열어 카드를 꺼내다가 그녀의 명함도 같이 빠져나와 땅에 떨어졌다. 그는 떨어진 명함을 주웠다. 명함에는 '황지은, 메이크업 아티스트'라고 적혀 있었고, 아래에는 휴대전화 번호도 또렷이 보였다.

그는 전화했다.

신호음이 울리는 몇 초가 몇백 년처럼 느껴졌다.

"여보세요?"

"지은 씨."

"……."

"지은 씨, 저 기억하세요?"

"……."

"여보세요, 지은 씨? 여보세요?"

"뜻밖이네요."

수화기 너머로도 그녀가 웃고 있는 것이 느껴졌다.

"내 번호는 어떻게 알았어요?"

"지난번에 주신 명함에 적혀 있었어요."

"그래요? 그거 다 없어졌을 텐데……."

그녀가 중얼거리듯이 말했다.

"지은 씨, 지금 어디예요? 제가 거기로 갈게요."

"왜요?"

그녀가 다시 웃었다.

"한 번만 만나주세요. 만나고 싶어요. 잠깐이면 돼요."

"……."

"지은 씨? 여보세요, 지은 씨?"

다시 들려온 그녀의 목소리는 조금 차가워져 있었다.

"그렇게 안 봤는데, 굉장히 끈질기네요?"

그는 움찔했다.

"미안해요. 한 번이면 돼요. 오늘 불편하시면 내일도
좋아요. 아니면 아무 때나, 지은 씨 편하실 때……."

"지금 와요."

그녀가 말을 끊었다.

"정말이에요? 고맙습니다. 금방 갈게요. 어디예요?"

"집이에요."

그녀는 다시 웃었다.

"올 수 있으면 와봐요."

그때와 같은 말을 남기고, 그녀는 전화를 끊어버렸다.

전철을 타고 가면서 그는 수없이 그녀의 명함을 꺼내어 들여다보았다. 명함은 다시 아무것도 없는 빈 종이로 돌아가 있었다.

그녀의 집이 있던 전철역을 그는 기억하고 있었다. 출구 번호도 역시 기억했다. 지난 석 달간 수십 번이나 오갔던 곳이었다. 그때마다 그가 찾아낸 것은 버려진 공사장이었다. 주위에는 잡초만 무성했고, 그녀와 하룻밤을 보냈던 오피스텔 건물은 어디에도 없었다.

그는 전철역을 나와서 걷기 시작했다. 버스 정류장 앞 골목에서 왼쪽으로 방향을 틀었다.

5분쯤 걸어가니 오피스텔 건물이 보였다.

그는 뛰는 가슴을 억누르며 주머니에서 그녀의 명함을 꺼내 보았다. 명함에는 전처럼 그녀의 이름과 직업, 그리고 전화번호가 찍혀 있었다.

그는 명함을 뒤집어 보았다. 아무것도 없으리라 생각했는데, 분명히 자신의 글씨체로 'Nora Lisa, 490호'라고 적혀 있었다. 옆에는 영문 모를 다섯 개의 숫자가 적혀 있었다.

그는 'Nora Lisa'라고 적힌 오피스텔 간판 아래의 입구로 들어가 엘리베이터를 탔다. 4층을 눌렀다. 엘리베이터에서 내려 410호, 420호, 430호⋯⋯를 지나 490호에 도착했다. 현관문 도어록의 뚜껑을 올리고 명함 뒤에 적힌 다섯 개의 숫자를 차례로 눌렀다.

찰칵, 띠리링, 소리와 함께 문이 열렸다.

그녀는 소파에 누워 텔레비전을 보고 있었다.

"왔어요?"

그녀는 마치 그가 항상 자기 집에 드나드는 사람인 것처럼 아무렇지 않게 인사했다. 그리고 텔레비전을 끄고 일어섰다.

"용케 잘 찾아왔네. 힘들지 않았어요?"

"예. 힘들었어요."

그녀는 현관에 서 있는 그에게 다가와서 목에 팔을 둘렀다.

"삐졌나 보네? 왜, 그렇게 많이 힘들었어요?"

그는 그녀를 안았다. 그녀의 폭신폭신한 갈색 머리카락이 코와 턱에 와 닿는 것이 느껴졌다. 그는 눈을 감았다. 그리고 포근하고 따뜻한 감촉과 달콤한 향기를 빨아들였다.

"신발 벗고 들어와요. 커피 마실래요?"

그는 그녀가 시키는 대로 신발을 벗고 거실로 들어가서 소파에 앉았다. 그녀가 커피를 내왔다. 지난번처럼 커피는 뜨겁고, 진하고, 향기로웠고, 기묘하게 달짝지근했다.

그녀는 그가 커피 마시는 것을 보고 있다가 물었다.

"그래서, 이번엔 또 뭐가 궁금해서 만나자고 했어요?"

"궁금한 거 없어요."

"그럼, 왜 그렇게 급하게 만나자고 한 건데요?"

"……보고 싶어서……."

그녀는 그의 얼굴을 들여다보았다. 그리고 웃었다.

"빨개졌네?"

"……."

"그렇게 좋았어요?"

그녀는 그의 넥타이를 잡고 끌어당겨 그에게 입 맞추었다. 그리고 넥타이를 풀어 와이셔츠 목깃에서 장난스럽게 빼내기 시작했다.

그가 그녀의 손을 잡았다.

"저기, 그게 아니라……."

"그게 아니라, 왜요?"

그녀의 눈이 그를 보며 웃고 있었다.

"그런 게 아니라, 저는……, 지은 씨가 보고 싶었어요, 그냥……."

"알아요."

그녀는 그의 뺨에 쪽, 소리 나게 입 맞춘 후 넥타이를 풀어 던지고 와이셔츠 단추를 풀기 시작했다. 그는 다시 그녀의 손을 잡았다.

"정말이에요, 그냥 지은 씨가 보고 싶었어요……."

"알았으니까 이거 놔요."

그는 그녀의 손을 놓았다. 그녀는 그를 뒤로 밀어 소파에 눕혔다. 그리고 양손으로 그의 얼굴을 감싸고 입 맞추었다.

"지은 씨……, 난……."

"쉬잇."

그녀가 지난번처럼 그의 귓가에 속삭였다.

"내가 하자는 대로 해요."

그래서 그는, 그녀가 하자는 대로 했다.

다음 날 아침에 그는 지난번처럼 그녀가 외출 준비를 하고 있을 때 깨어났다. 지난번의 현기증을 떠올리고 그는 조심스럽게 몸을 일으켰다. 피로가 무겁게 온몸을 짓누르고 있었다. 심장이 마지못해 힘겹게 뛰는 느낌이었다.

그녀가 침대로 다가왔다.

"잘 잤어요? 커피 마실래요?"

"지은 씨, 저……."

그가 뭐라고 말하기도 전에 그녀는 부엌으로 사라졌다가 커피 잔을 들고 나타났다.

그가 커피 잔을 받아 들고 한 모금 마시는 것까지 지켜본 후 그녀가 말했다.

"나 이제 나가야 해요. 식탁에 간단하게 먹을 거 있어요. 나갈 때 문은 잘 닫고 가요."

돌아서서 가려는 그녀를 그가 다급하게 불렀다.

"지은 씨."

"왜요?"

그녀가 다시 돌아섰다.

"다시……, 만나줄 수 있어요?"

그녀는 잠시 뭐라 말할 수 없는 표정으로 그를 쳐다보았다.

"……보기보다 정말 끈질기네?"

"미안해요. 귀찮게 할 생각은 아니었어요."

그는 당황하여 황급히 말했다.

"그냥, 가끔씩만 만나주면 안 돼요? 가끔씩만, 지은 씨가 내킬 때, 지은 씨가 원하는 곳에서……."

그녀의 눈빛이 점점 차가워졌다. 얼굴 표정에는 큰 변화가 없었으나, 그 눈을 보면서 그는 서서히 소름이 끼쳤다. 그것은 벌레를 밟아 죽이는 자의 눈빛이었다.

"안 되나요? 지은 씨……."

그녀는 잠시 생각했다. 그리고 천천히 말했다.

"……이런 적이 없었는데……."

그는 숨을 죽이고 그녀의 판결을 기다렸다.

"하지만 이렇게 찾아온 것도 인연일 테니까……. 좋아요. 그렇게 해요."

"고맙습니다. 정말 고마워요……."

"그때 준 명함 아직 있죠?"

그녀가 말을 끊었다.

"예."

"이번처럼, 거기에 글자가 나타나면, 찾아와도 좋아요. 그렇지만 이 집을 매번 찾을 수 있을 거라고는 생각하지 말아요."

"예. 고마워요."

"그리고 하룻밤 자는 건 좋지만 길게 지내는 건 안 돼요. 정오가 되기 전에 나가요."

"예. 그럴게요."

돌아서서 나가려던 그녀가 멈춰 섰다. 그리고 잠시 생각한 뒤에 물었다.

"무섭지 않아요?"

"예?"

"이 집, 그 명함, 나……. 이런 거, 무섭지 않아요?"

"무섭지만……, 지은 씨가, 정말 보고 싶어서……."

그녀는 웃었다. 그리고 돌아서서 나가버렸다.

청혼

✦

이렇게 해서 그는 부정기적으로 그녀의 집에 드나들게 되었다. 한 달에 한 번일 때도 있었고, 며칠에 한 번일 때도 있었다. 그녀의 '집'과 '전화번호'는 수시로 바뀌어서, 그가 원한다고 무작정 찾아가거나 먼저 연락하는 것은 불가능했다. 명함에 나타나는 글자만이 유일한 지표였다.

순서는 언제나 같았다. 명함을 보고 찾아가면, 그녀가 커피를 내왔다. 커피를 마시고, 그녀가 이끄는 대로 소파에 눕고, 사랑을 나누고, 잠이 들었다. 다음 날 아침에 깨어나서, 다시 그녀가 내려주는 커피를 마셨다. 그녀는 나가고, 그도 혼자서 간단한 아침을 먹고 그녀의 집을 나왔다. 아무리 일찍 찾아가도, 혹은 아무리 밤늦게 찾아가도, 커피를 마시고 침대에 누웠다 깨어나 보면 언제나 다음 날 아침이었다. 그리고 그녀의 오피스텔을 나와 뒤를 돌아보면, 그곳은 공사장이기도 했고, 주택가이기도 했고, 시내의 번화가 한복판이거나, 가끔은 다리 밑 혹은 대로변의 가로수 아래일 때도 있었다. 그렇게 뒤를 돌아볼 때마다 그는 가슴 한구석이 싸해지는 쓸쓸함을 느꼈다.

그래서 어느 날 그는 용기를 내어 그녀에게 물었다.

"나하고, 데이트해 줄 수 있어?"

"데이트?"

그녀가 웃었다.

"왜, 우리 집이 마음에 안 들어? 답답해?"

"그런 건 아니지만……, 지은 씨하고 같이, 뭔가 즐거운 일을 하고 싶어."

"즐거운 일? 어떤 거?"

"분위기 좋은 데서 맛있는 걸 먹는다거나……. 영화를 본다거나, 놀이공원 같은 데 놀러 간다거나……."

그녀는 웃으며 고개를 끄덕였다.

"그래, 그럼. 나가자."

"정말이야? 지금?"

그는 신이 났다.

"지은 씨 뭐 하고 싶어? 어디 가면 좋을까? 밥 먹긴 아직 이르지? 지금 몇 시지?"

시계가 없었으므로 그는 휴대전화를 꺼냈다. 언제나 그렇듯이 꺼진 채로 켜지지 않았다.

그녀가 웃었다.

"몇 시였으면 좋겠어?"

그래서 그들은 오후의 한강에서 유람선을 타게 되었다.

평일 오후의 한강 유람선은 한산했다. 그들 외에는 아무래도 불륜 커플로 보이는 중년 남녀 한 쌍뿐이었다. 그는 그녀와 함께 2층 갑판으로 나왔다. 화창한 햇살 아래 널따란 강물이 시원하게 펼쳐져 있었다. 강바람에 휘날리는 그녀의 풍성한 갈색 머리카락과 보조개가 팬 하얀 뺨을 바라보다가 그는 말했다.

"지은 씨."

"응?"

"결혼하자."

그녀는 그를 잠시 쳐다보았다. 그리고 소리 내어 웃었다.

"자기, 단단히 홀렸구나."

"농담 아냐. 결혼하자."

그녀는 여전히 웃으면서 말했다.

"그래서 여기로 오자고 한 거야? 생각 잘했네?"

그는 조금 희망에 부풀었다. 그녀가 왼손을 들어 강바람을 맞으며 말했다.

"그렇지만 분위기만 가지고는 안 되지."

"응?"

그녀가 그를 쳐다보고 미소 지었다.

"프러포즈를 하려면 반지 정도는 내밀어야 하지 않나?"

그는 당황했다.

"미안해, 미리 준비한 게 아니라서……. 그렇지만 전부터 생각하던 거야. 난 진심이야……. 반지 준비해서 다음번에는 정식으로 청혼할게……."

그녀는 방글방글 웃으면서 수수께끼 같은 눈빛으로 그를 쳐다보았다. 그리고 말했다.

"자기, 옛날얘기 좋아해? 내가 하나 해줄까?"

그는 어리둥절해하며 그녀를 바라보았다.

그녀는 그의 어깨에 가볍게 기대어 서서, 햇빛이 보석처럼 부서지는 강물을 바라보며 이야기하기 시작했다.

……옛날 옛적에 어떤 나그네가 산길을 지나다가 날이 저물어, 어느 초가집에서 묵게 되었다. 나그네를 맞아준 사람은 젊고 아주 예쁜 과부였는데, 남편을 여의고 산속에서 혼자 살고 있다고 했다. 이게 웬 떡이냐고 생각한 나그네는 저녁상을 들고 들어온 과부의 손목을 덥석 쥐었다. 그러나 자세히 보니 과부의 치마 밑으로 긴 꼬리가 아홉 개나 나와 있었다. 혼비백산하여 덜덜 떠는 나그네에게 과부가 말했다.

"내 너를 죽여 간을 빼 먹으려 했으나, 본모습을 들켰으니 놓아주겠다. 그러나 다른 사람에게 이 일에 대해 발설했다가는 목숨을 보전치 못할 것이다."

나그네는 절대로 일언반구도 없을 것이며 무덤까지 이 비밀을 가지고 가겠다고 맹세한 후에 간신히 도망쳐 나왔다.

고향에 돌아온 나그네는 산 너머 마을에서 온 어여쁜 처녀에게 장가를 들어 아들 일곱에 딸 일곱을 낳았다. 아이를 많이 낳고 농사일에 시달렸지만 어여쁜 아내는 세월이 가도 조금도 늙지 않았고, 아내가 낳은 아이들도 모두 인물이 훤하고 귀티가 흘렀다. 자식들이 모두 장성하여 남혼여가(男婚女嫁)를 이루고 나서, 손자들과 놀아주는 한가로운 노후를 맞이한 나그네는 어느 길고 적적한 여름밤, 아내에게 젊은 날 산중에서 구미호를 만났던 이야기를 털어놓고 말았다.

이야기를 다 들은 아내는 눈물을 흘리기 시작했다. 어리둥절한 나그네가 연유를 묻자 아내는 이를 갈며 말했다.

"나약한 것이 인간의 정이라더니…… 1년만, 1년만 더 참았더라면 나도 사람이 될 수 있었을 것을……"

아내의 얼굴은 점점 뾰족해지고, 온몸에 털이 자라나더니 치마 아래로 꼬리가 비어져 나오기 시작했다. 그렇게 여우로 변한 아내는 산속으로 사라져 버렸다. 나그네는 뒤늦게 후회하며 백방으로 찾아다녔지만 아내를 다시는 볼 수 없었다…….

"그래서 나그네는 어떻게 됐어?"

"아내를 찾으러 이 산 저 산 헤매고 다니다가 기운이 다해서 죽고 말았대."

"슬픈 얘기구나."

"응. 슬프지."

그는 한동안 망설이다 물었다.

"그 남자, 많이 사랑했어? ……그래서 나하고 결혼하기 싫은 거야?"

그녀는 그의 얼굴을 잠시 들여다보다가 웃음을 터뜨렸다.

"무슨 소리야. 옛날에 텔레비전에서 본 거야."

그는 그녀의 표정을 살폈다. 그녀는 변함없이 방글방글 웃고 있었다.

"……놀리지 마."

"어, 삐졌어? 정말인데. 굉장히 유명한 여배우가 구미호 역을 했는데, 남자 주인공을 이렇게 흘겨보면서 '더러운 것이 인간의 정이라더니……' 하는 장면이 백미였어."

"나약한 게 인간의 정이라며."

"그랬나? 오래돼서 기억이 안 나."

그녀는 쾌활하게 말했다.

"그 여배우, 지금도 미인이지만 그때는 정말 예뻤어. 연기도 잘하고, 분장할 때 힘들고 답답하고 시간도 많이 걸렸는데 불평도 한마디 없었어."

잠시 뭔가 생각하다가 그녀가 중얼거렸다.

"아주 짧은 시간인데도, 사람한테는 긴 세월이야. 사람은 너무 빨리 늙어, 너무 빨리 죽어……."

그는 그녀의 손을 잡았다.

"지은 씨가 원한다면, 평생 다른 사람들한테 지은 씨 얘기 절대로 안 할게. 자신 있어."

그녀는 어이가 없다는 듯 웃으며 대답하지 않았다.

"정말이야. 늙어서 치매가 와도, 지은 씨한테도 지은 씨 얘기 절대로 안 할게."

그는 그녀의 손을 놓지 않았다.

"그러니까, 나랑 결혼하자."

그녀가 웃으며 물었다.

"나랑 결혼하면 첫날밤에 간을 빼 먹힐 거야. 그래도 좋아?"

"간은 90퍼센트 잘라내도 나머지 10퍼센트만으로 복원이 된대. 교육 방송 다큐멘터리에서 봤어."

"난 100퍼센트를 원하는데?"

"그럼 100퍼센트 다 줄게."

"자기 정말 단단히 홀렸구나."

그녀는 그에게 키스했다. 그리고 그가 잡은 손을 놓으며 말했다.

"나중에 제정신이 들면, 목숨이 아까워지는 날이 있을 거야. 그러니까 그런 약속은 함부로 하지 마."

그는 다시 그녀의 손을 잡았다.

"사람은 누구나 한 번은 죽어."

"그러니까 하는 말이야. 한 번 사는 인생인데, 굳이 주어진 수명을 재촉할 필요 없잖아."

"아까 나그네는 아들 일곱 딸 일곱 낳아서 다 장성할 때까지 살았다며."

"사실 딸은 셋밖에 없었어. 방송국에서 일곱이라고 지

어낸 거지."

"상관없어. 어쨌든 오래 살았잖아."

"그 얘기는 일본 설녀(雪女) 설화를 베껴다가 여자 주인공만 구미호로 바꾼 거야. 진짜 한국 구미호는 그렇게 참을성이 많지 않아."

"난 아직까지 살아 있잖아."

그녀는 야릇한 웃음을 짓고 대답하지 않았다.

"내가 죽을까 봐 걱정한다는 건, 지은 씨도 날 조금은 좋아한다는 뜻 아냐?"

그녀의 눈이 기묘하게 빛났다. 그는 흠칫 놀라 그녀의 손을 놓았다.

―너 하나쯤 살고 죽는 일 따위를 걱정하는 게 아니다. 착각하지 마라.

그리고 그녀는 몸을 돌려 1층으로 내려가 버렸다.

그도 그녀를 따라 내려갔다. 그러나 그녀는 이미 사라지고 없었다.

상견례

✦

그 후로 오랫동안 그녀에게서 연락이 없었다. 사실은 '오랫동안'이 아니었는지도 모른다. 그녀를 만나지 못하는 하루하루가 너무 길어서 '오랫동안'이라고 느꼈을 수도 있다. 그는 또다시 주변 사람들에게서 말랐다, 지쳐 보인다, 어디가 아픈 거 아니냐는 말을 듣기 시작했고, 주말에 집에 갔을 때는 어머니가 그의 이마를 짚어보며 '너 무슨 일 있니?'라고 물었다. 그는 대충 얼버무리고 그녀에 대해서는 약속대로 한마디도 하지 않았다.

그래서 어느 날 또다시 명함에 아무렇지도 않게 그녀의 이름과 전화번호가 떠올랐을 때, 그는 가슴이 뛰었다.

그가 들어서는 것을 보고 그녀는 소파에서 몸을 일으키며 아무 일도 없었다는 듯이 말했다.

"왔어? 커피 마실래?"

그녀가 내미는 커피 잔을 받으며 그는 조심스럽게 물

었다.

"……이제 화 풀렸어?"

"왜? 내가 화냈었나?"

그녀는 언제나 그렇듯이 방글방글 웃으며 되물었다.

"지난번에 그렇게 헤어져서……, 다시는 못 만나는 줄 알았어."

"만나고 못 만나는 거야 인연이니까, 뭐…….."

그녀는 웃으며 커피를 한 모금 마셨다. 그리고 부드럽게 말했다.

"화가 난 게 아니고, 당황한 거야. 속마음을 들켰으니까."

그는 커피 잔을 내려놓았다.

"그 말, 정말이야?"

"뭐가?"

"지은 씨도 나 좋아해?"

그녀는 웃으며 고개를 끄덕였다.

"좋아해. 자기는 정말 귀여운 사람이야."

그는 주머니에서 조그만 상자를 꺼내 그녀 앞에 내밀었다. 그녀는 바라보기만 할 뿐 건드리지 않았다.

"안 열어봐?"

"……."

"지난번에 반지 얘기를 해서 사놨어. 혹시나 다시 만나면, 주려고…….."

"……."

"받기 싫어?"

"……잘 맞아. 예뻐."

그녀는 어리둥절해서 쳐다보는 그의 눈앞에 왼손을 펴 보였다. 약지에 반지가 빛나고 있었다.

"맘에 들어?"

"맘에 들어."

"고마워."

"자기가 왜 고마워?"

그녀가 웃었다. 그는 진지했다.

"지난번엔 내가 성급했어. 당장 결혼해 달라는 게 아냐. 그냥 반지만 받아주길 바랐어. 받아줘서 고마워."

"결혼하자."

"뭐?"

그는 놀랐다. 그녀는 반지 낀 왼손을 빛에 이리저리 비춰 보며 말했다.

"반지도 예쁘고, 자기도 귀엽고, 결혼하고 싶어졌어. 결혼하자."

이번에는 그가 더 당황했다. 더듬거리며 말했다.

"하, 하지만, 결혼하려면, 주, 준비할 것도 많고, 저기, 예식장도 잡아야 하고, 어, 청첩장도 돌려야 하고……."

"하면 되지 뭐."

그녀는 가볍게 말하고 일어섰다.

"요즘엔 결혼하려면 뭐부터 하더라? 상견례?"

결혼을 해본 적이 없으니 그가 알 리 없었다.

"난 부모님 없으니까, 자기 부모님이라도 뵙지 뭐. 지금 할까? 나중에 할래?"

"하, 하지만, 그러려면 부모님하고 상의해서, 날짜도 잡고 식당에 예약도……."

"걱정하지 마."

그녀는 일어서서 침실로 들어갔다. 그리고 잠시 후에 깔끔한 치마 정장에 화장을 하고 머리를 올려 묶은 모습으로 나타났다.

"이 정도면 되지?"

"예뻐."

그는 감탄했다. 그녀가 고개를 갸웃했다.

"근데 자기는 넥타이가 좀 비뚤어졌네?"

"넥타이? 무슨……."

그는 자신이 입고 있는 옷을 내려다보았다. 분명히 청바지에 티셔츠 차림으로 왔는데, 어느새 정장을 차려입고 넥타이까지 매고 있었다. 그녀가 넥타이를 조심스럽게 바로잡아 준 후 말했다.

"갈까? 준비됐어?"

"아……. 하지만 부모님께 연락은……."

"걱정하지 말라니까."

그녀는 웃으며 그의 손을 잡아끌었다. 그는 그녀가 이끄는 대로 일어섰다. 그녀가 현관문을 열었다.

현관문을 통과하여 들어선 곳은 어느 호텔의 한식당이었다.

어리둥절하여 주위를 둘러보는 그에게 그녀가 속삭였다.

"자기 부모님, 저기 벌써 와 계시잖아. 가자."

그는 그녀가 이끄는 대로 부모님이 앉아 계시는 자리로 갔다.

"아, 왔니?"

어머니가 웃으며 돌아보셨다. 그녀가 사붓이 고개를 숙여 인사했다. 그가 황급히 소개했다.

"저, 이쪽은, 황지은이에요. 제가 결혼할 사람이에요."

"안녕하세요."

그녀가 말했다. 아버지가 어색하게 고개를 끄덕였다. 어머니가 웃으며 말했다.

"그래요. 말씀 많이 들었어요. 앉아요."

자리에 앉으며 그는 그녀에게 속삭였다.

"나 어머니한테 자기 얘기 한 적 없어."

"쉿."

그녀가 주의를 주었다.

어머니가 그녀에게 물었다.

"이렇게 예쁜 아가씨인 줄 몰랐네. 지금 하는 일이 뭐라고 했죠?"

"메이크업 아티스트에요."

"아아, 메이크업 아티스트……. 특이한 직업이네요? 그럼, 방송국 같은 데서 일하나요?"

"예, 방송국에서도 일하고, 학원에 강의도 나가고 있

어요……."

그녀의 직업을 주제로 어머니와 그녀 사이에 제법 화기애애한 대화가 오가는 것을 보고 그는 조금 안심했다. 아버지는 화장에 대한 여자들의 대화에 도무지 끼어들 엄두가 안 나는 듯, 헛기침만 하면서 연신 물을 마셨다. 그러나 딱히 못마땅한 눈치는 아니었다.

종업원이 주문을 받으러 왔다. 대화가 잠시 끊겼다. 어머니가 시계를 들여다보며 말했다.

"할머니가 늦으시네……. 먼저 주문을 하는 게 좋을까……."

"할머니도 오세요?"

그는 깜짝 놀랐다. 생각보다 일이 커지고 있었다.

아버지가 타박했다.

"그럼 인륜지대사인데 할머니도 오셔야지. 신부 될 사람도 안 보여드리고 네 멋대로 결혼할 생각이었냐?"

어머니가 목소리를 낮춰 아버지와 상의했다.

"여보, 전화 한번 해볼까……."

"글쎄, 곧 오시겠지……."

때마침 할머니가 누나를 대동하고 식당 입구에 나타났다. 어머니가 일어나서 할머니를 맞이하러 갔다.

그녀는 일어서서 할머니와 누나에게 공손히 인사했다. 누나도 어색하게 웃으며 그녀에게 인사했다. 모두들 자리에 앉고, 그녀와 누나가 통성명을 하고, 음식을 주문

하고, 다시 한번 그녀의 나이라든가 직업, 가족을 주제로 대화가 한동안 이어지고, 밑반찬이 나왔다. 이때까지 할머니는 내내 한마디도 하지 않고 굳은 표정으로 앉아만 있었다.

할머니의 침묵을 눈치채고 어머니도 아버지도 누나도 차차 입을 다물었다. 식사가 나오고, 식탁 위로 음식 냄새와 함께 무거운 침묵이 떠돌았다.

마침내 할머니가 입을 열었다.

"이봐요, 아가씨."

그녀가 대답했다.

"예."

"우리 애를 놔줘요."

"……."

할머니가 몸을 일으켰다. 허둥지둥 모두 기립했다.

할머니는 조용하고 차분하지만 단호한 목소리로 그녀에게 선언했다.

"아가씨도 이미 알고 있겠지만, 만나지 않는 게 서로에게 좋아요. 그러니 이쯤에서 그만하고, 우리 애를 놔줘요."

그리고 할머니는 돌아서서 식당을 나가버렸다. 누나와 어머니가 황급히 뒤따라 나갔다.

아버지는 엉거주춤 일어서 있다가 어색하게 다시 자리에 앉으며 말했다.

"앉아요, 앉아."

그도, 그녀도 어색하게 다시 자리에 앉았다. 어머니가

투덜거리며 자리로 돌아왔다.

"갑자기 왜 저러신담……. 하필 오늘 같은 날……."

그리고 애써 웃음 지으며 그녀에게 말했다.

"아유, 이거 정말 미안해요. 저런 분이 아닌데, 할머니가 오늘 어디가 좀 불편하신지……. 자, 음식 식기 전에 어서들 들어요."

아버지도 당혹한 얼굴에 어색하게 미소를 지으며 말했다.

"그래도 오늘 우리 가족 얼굴은 다 봤으니까, 다음번에 좀 더 날을 잘 잡아서 다시 한번 얘기해 보도록 해요. 그때까지는 내가 어머니한테 잘 말씀드릴 테니까, 응?"

"아니요."

그녀가 조용히 말했다.

"이렇게 돼버려서 죄송합니다. 전 그냥 가는 게 좋겠어요."

"왜 그래, 밥은 먹고 가야지."

그가 옆에서 속삭였다.

"안 돼, 이렇게 됐는데 식사 대접을 받을 순 없어."

그녀는 일어섰다. 다시 한번 일동 모두 허겁지겁 기립했다.

"정말 죄송합니다."

그녀는 허리를 깊이 숙여 인사했다. 아버지와 어머니도 얼떨결에 같이 인사했다. 그녀는 빠른 걸음으로 자리를 떠나 식당 출구 쪽으로 걸어가기 시작했다. 그가 황급히 그녀를 뒤쫓아 갔다.

"지은 씨, 기다려. 이렇게 가면 어떡해?"

그러나 그녀는, 언제나 그렇듯, 식당 문을 나서자마자 순식간에 사라져 버렸다.

부적

"좋은 사람이에요, 할머니. 착하고, 예쁘고, 절 좋아해요."

"'사람'이 아니잖니."

"……."

"설마 너도 모르는 건 아니지?"

"하지만……."

할머니가 그의 변명을 막으며 잘라 말했다.

"알면 어서 헤어져라."

"그렇게 무섭지 않아요, 할머니. 무조건 그러지 마시고……."

"내가 그 애가 무서워서 이러는 줄 아니?"

"……."

"네가 아직 그 애의 본모습을 못 봤구나."

"봤어요……."

실제로 본 건 아니지만, 엄밀히 말하자면 아예 못 본

것도 아니다.

"그래서, 어떻든?"

"그렇게 무섭지 않았어요……."

"무서운 게 문제가 아니지 않니. 사람 같더냐는 말이다."

"……."

"넌 결혼이 너 혼자 하는 일인 줄 아니? 그런 걸 집안에 들이면, 이 집안이나 네 피붙이들이 어떻게 될지는 생각 안 해봤어?"

"어떻게 되다뇨, 걘 그런 짓 안 해요……."

"얘가 단단히 홀렸구나."

할머니는 혀를 끌끌 찼다.

"절대로 안 된다. 널 위해서도, 식구들을 위해서도, 그런 걸 가까이하면 못써."

할머니는 서랍으로 가서 뭔가를 꺼냈다.

"이거 몸에 지니고 다녀라."

"이게 뭐예요?"

"너한테 붙은 걸 떼어내야겠기에 내가 너 주려고 만들었다."

"이거, 부적이에요?"

"손수건처럼 가지고 다니면 돼. 항상 몸에 가까이 둬라."

"싫어요, 할머니……."

"싫기는, 이 멍청한 녀석아."

할머니는 한숨을 쉬었다.

"여우를 쫓는 건 사냥개다. 사냥개를 데리고 다니면

제일 좋겠지만, 요즘 세상엔 그럴 수가 없으니까 수라도 봐서 가지고 다니라는 거야. 그거 만드느라 얼마나 귀찮았는지 아니?"

"싫어요. 그 애를 쫓아버릴 수는 없어요……."

"싫다 소리만 하지 말고 집어넣어 둬, 이 답답한 것아!"

할머니가 버럭 언성을 높이셨다.

"어른이 말하면 좀 들어! 어디서 건방지게 싫다 소리만 배워가지고……. 그거 항상 몸에 지니고 다니고, 언제 네 애비랑 몸보신이라도 좀 하고 그래!"

그는 부적을 안방에 남겨둔 채 할머니 댁을 나왔다.

파경

✦

　그녀로부터 연락이 다시 올지는 알 수 없었다. 무작정 기다리는 것을 견딜 수 없어서 그는 그녀를 찾아 나섰다. 그러나 '찾아 나섰다'고 해서 무슨 구체적인 계획이 있었던 것은 아니었다. 그저 그녀와 탔던 버스 노선을 따라, 혹은 기억을 더듬어 그녀의 '집'이 있었던 부근을 헤매고 다닐 뿐이었다. 그녀 쪽에서 먼저 그를 부르지 않으면 그가 그녀를 찾을 방법은 없었다. 가끔 그는 아내를 찾아 산속을 헤매다 기운이 다해서 죽었다는 나그네를 떠올렸다.

　그리고 어느 날, 학원 강의를 마치고 녹초가 되어 집에 돌아가는 심야 버스를 기다리다가 그는 길 건너에 서 있는 그녀를 보았다.
　무턱대고 길을 건너다가 반대편에서 오는 버스에 치일 뻔했다. 그러나 어떻게든 죽지 않고 길을 건넜다. 길을 건너고 보니 그녀가 보이지 않았다. 그는 당황했다. 주위를 둘러보니 그녀는 대단히 빠른 걸음으로 횡단보도 쪽으로 가고 있었다. 그는 그녀를 따라 뛰기 시작했다. 그녀가 길을 건넜다. 그도 길을 건넜다.

전속력으로 뛰어가서 그녀를 따라잡았다고 생각한 순간, 그녀는 벌써 저만치 앞에 가 있었다. 다시 뛰어가서 어깨에 손을 얹으려는 순간 그녀는 사라졌다. 다급하게 주위를 둘러보니 그녀는 다시 길 건너 버스 정류장에 서 있었다. 그는 다시 길을 건넜다. 이번에는 택시에 치일 뻔했다.

운전사의 고함 소리를 뒤로하고 길을 건넜을 때 그녀는 다시 종종걸음으로 횡단보도 쪽으로 가고 있었다. 그도 따라갔다. 그녀가 길을 건넜다. 그도 따라서 건넜다.

다시 그녀는 저만치 앞에 떨어져 있었다. 그는 뛰었다. 그녀는 다시 사라졌다. 이번에도 그녀는 길 건너 버스 정류장에 서 있었다.

정신을 차렸을 때 그는 숨이 턱까지 찼고, 그녀를 따라 같은 자리를 대여섯 번이나 빙글빙글 돈 후였다. 그녀는 다시 한번 길 건너 버스 정류장에 서 있었다. 그는 화가 났다.

"야, 황지은!"

그는 목청껏 고함쳤다.

"사람 놀리지 말고 거기 서!"

그녀는 그 말을 들었는지 못 들었는지 이번에는 아까

와는 반대편으로 걷기 시작했다. 그는 길 건너에서 평행하게 따라 걸으며 계속 소리쳤다.

"야, 황지은! 거기 서! 나하고 얘기 좀 해!"

그녀가 사라질까 봐 순간 겁이 났지만, 예상외로 그녀는 멈춰 섰다.

"제발 얘기 좀 해! 내가 거기로 갈 테니까 기다려!"

그 말이 떨어지기가 무섭게 그는 육교 위에 있었다. 반대편 끝에 그녀가 서 있는 것이 보였다.

"지은 씨."

그는 그녀에게 다가가려 했다. 그러나 한 발자국 앞으로 나간 순간, 두꺼운 유리판에라도 부딪친 것처럼 튕겨 나오고 말았다. 엉덩방아를 찧고 잠시 멍해졌다가 그는 서둘러 몸을 추스르고 일어섰다.

"지은 씨, 이러지 마. 좀 가까이 와서 얘기해."

"싫은데."

그녀가 대답했다. 차가운 목소리를 듣자 등줄기에 소름이 돋았다.

그들은 한동안 육교의 양쪽 끝에 서서 말없이 마주 보고만 있었다. 마침내 그녀가 물었다.

"할 말이 뭐야?"

"그땐 미안했어."

그는 육교 반대편을 향해, 행여 안 들릴까 봐 목청껏 소리쳤다.

"우리 할머니가 좀 까다로우셔서……. 기분 상했다면

미안해."

"미안할 거 없어."

그녀가 천천히 말했다.

"자기 할머님은 현명한 분이셔. 할머님 말씀대로 해."

"싫어."

그가 결사적으로 외쳤다.

"난 절대로 너하고 못 헤어져. 너도 내가 좋다고 했잖아. 결혼하겠다고 했잖아!"

"그거야 그때 얘기지. 지금은 사정이 달라."

"다를 거 없어. 난 너 사랑해."

그가 애원했다.

"결혼 안 해줘도 좋아. 지금까지 했던 것처럼 가끔씩 만나주기만 하면 돼. 우리 이제까지도 그런 식으로 잘 지내왔잖아."

"지금까지는 그랬지."

그녀가 조용히 말했다.

"하지만 앞으로는 힘들어."

"왜? 내가 이렇게 사과하잖아."

그는 절박하게 소리쳤다.

"할머니가 그러실 줄은 나도 몰랐어. 난 애초에 상견례라는 걸 하는 줄도 몰랐단 말이야. 네가 멋대로 날 끌고 나간 거잖아!"

그녀가 날카롭게 반박했다.

"그래서, 이렇게 된 게 다 내 탓이니? 먼저 결혼하자고 한 건 너 아냐?"

"미안해. 그런 뜻으로 말한 게 아냐."

본래 의도와는 달리 사태를 점점 악화시키고 있음을 깨닫고 그는 감정을 억눌렀다.

"누구 탓을 하려던 게 아냐. 제발 그냥 사라지지만 마. 내가 사과할게."

그녀는 대답하지 않았다.

"지은 씨."

"······."

"지은 씨, 대답해."

"······."

"지은 씨, 제발 부탁이야. 좀 가까이 와봐. 안 보이잖아."

육교 반대편의 어둠 속에서 그녀가 말했다.

"그래서, 나한테 사과하러 온 거야?"

"그래."

"사과하는 사람이 주머니 속에 그런 걸 가지고 오니?"

그는 어리둥절해졌다.

"그런 거라니?"

"시치미 떼지 마."

그녀의 목소리에 분노가 서렸다.

"할머니가 뭐라고 하셨어? 날 잡아 오래? 무슨 속셈 이야?"

"무슨 소리야, 할머니는 아무 말씀 안 하셨어······."

그는 문득 부적이 떠올랐다. 황급히 주머니에서 지갑

을 꺼냈다. 지갑을 열려는 순간, 얼굴에 돌연한 타격을 느꼈다.

"열지 마!"

그는 지갑을 떨어뜨렸다.

얻어맞은 뺨이 화끈거렸다. 그는 한 손으로 뺨을 감쌌다.

"이제 끝이야."

그녀의 목소리가 점점 멀어지는 것처럼 들렸다.

"네가 이런 인간일 줄 몰랐어. 너도 똑같아……."

그리고 그녀의 목소리는 사라져 버렸다.

정신을 차리고 보니 그는 육교 위에 혼자 서 있었다. 늦은 밤이었지만, 가로등의 조명이 비쳐 육교 위는 생각만큼 어둡지 않았다. 거리의 불빛 속에 반대편까지 잘 보였다. 그러나 그녀의 모습은 어디에도 없었다.

그는 떨어진 지갑을 주웠다. 열었다. 신용카드를 꽂는 부분 안쪽이 도톰하게 부풀어 있었다. 손가락을 넣어보았다. 사냥개를 수놓은, 손바닥만 한 장방형의 흰 천 조각이 작게 접혀 들어 있었다.

그는 부적을 육교 아래로 던졌다.

"젠장!"

부적이 바람에 날아가는 것을 보며 그는 외쳤다.

"황지은!"

대답이 없었다.

"야, 황지은!"

육교 아래에서 거리를 지나가던, 몇 안 되는 심야의 행인들이 올려다보았다.

　"황지은! 돌아와!"

　그러나 아무도 대답하지 않았다.

누나

✦

자취방에 얼마나 오랫동안 틀어박혀 있었는지는 기억 나지 않는다.

"기준아."

……누나다.

"야, 최기준!"

"……시끄러워……."

"너, 밥은 먹니?"

"……몰라……."

"점심 먹었어?"

"몰라, 귀찮아……."

"야, 정신 차려!"

누나가 등짝을 세게 때린다.

"왜 때리고 그래!"

누나가 어이없다는 듯 쳐다본다.

"얼씨구. 화낼 기운은 있나 보네."

그는 돌아눕는다.

"머리 울려, 말 시키지 마……."

"너, 그 여자 때문에 그러니?"

"……."

"아직도 그렇게 보고 싶어?"

"……."

"정신 차려, 바보야. 네가 몰라서, 그렇지, 헤어지길 잘한 거야."

그는 벌떡 일어난다.

"누나가 뭘 안다고 그래?"

"깜짝이야. 귀청 떨어지겠네."

누나가 흘겨본다. 소리 지른다고 겁먹을 누나가 아니다. 저런 표정은 곧 잔소리가 시작된다는 뜻이다.

"생각을 해봐. 너 그 여자 만나고 나서 잘된 일이 뭐가 있어?"

역시 잔소리 시작이다. 그는 큰대자로 뻗어 누웠다.

"계속 여기저기 아프지, 학원도 두 번이나 옮겼지. 말이 좋아서 옮긴 거지, 자꾸 강의 펑크 내니까 잘린 거잖아?"

"누나가 뭘 알아. 너무 사람을 혹사하니까 더 한가한 데로 옮긴 거야."

"핑계는 좋다."

누나가 누워 있는 그의 다리를 찬다.

"때리지 말라니까!"

"넌 좀 맞고 정신 차려야 돼."

"내가 뭘 어쨌다고 그래!"

"너 지금 나이가 서른하고도 넷이야. 서른네 살이면 어른이라고. 그런데 네 꼴 좀 봐라. 그 나이 먹도록 해놓은 게 뭐가 있어?"

"내가 못 한 건 또 뭔데 자꾸 못살게 구는 거야?"

"자식아, 네가 남들처럼 직장을 제대로 다니길 했어, 남들 다 갔다 오는 군대를 가길 했어?"

"군대는 내 맘대로 안 갔어? 눈 나빠서 못 간 거지. 그리고 직장 다니잖아. 학원은 직장 아냐?"

"과외 선생 하다가 동네 학원에 주저앉은 것도 직장이냐? 그나마 영어 선생이라고 네가 그 흔한 어학연수 한번 다녀오길 했어? 다들 하는 배낭여행도 안 갔잖아?"

"쓸데없이 외국에 놀러 나가서 돈 낭비 안 했다고 지금 못살게 구는 거야?"

"조금만 힘들고 낯설어 보이면 안 하고 피하려고만 드니까 이러는 거지. 그저 그런 대학교 영문과, 그것도 다니다가 말다가 6년이나 걸려서 간신히 졸업장 하나 딴 거 말고 네가 여태까지 인생에서 이룬 게 뭐가 있냐?"

"……."

"남들은 30대면 직장에서 자리 잡고, 결혼해서 애 낳고 신나게 살 때야. 인생에서 제일 좋은 시절이라고. 그런데 넌 아무것도 안 하고, 그나마 있던 네 인생도 그깟 여자한테 한번 차였다고 다 손 놓고 포기하려고 하잖아?"

"'그깟 여자' 아냐. 그렇게 말하지 마."

그는 일어나 앉았다.

"누나 말대로 난, 남들이 나이 서른 넘어 하는 거 하나도 안 했어. 난 그렇게 살기 싫어. 남들이 하는 대로 취직하고, 남들이 하니까 결혼해서 그렇게 공장에서 찍어낸 것처럼 똑같이 살기 싫어. 난 내 방식대로 살 거야."

"그래서 네 방식대로 사는 게 고작 이거야? 독립한답시고 부모님 돈으로 방 얻어서, 너는 네 용돈이나 간신히 벌어 쓰면서 수시로 집에 와서 밥이나 얻어먹고 빨랫감이나 내놓는 게 네 방식대로 사는 거야?"

"……."

"어린애인 척한다고 세월이 너만 비껴갈 줄 아니? 남들이 하는 일엔 다 그 나이일 때 해야 하는 이유가 있는 거야."

"……그래서, 나더러 어쩌라고?"

화를 내려 했지만, 이미 그의 목소리는 기가 한풀 꺾여 있었다.

누나가 어조를 바꾸어 조곤조곤 타일렀다.

"할머니 말씀 들어. 그 여자 쫓아 보낸 건 천만번 잘한 일이야. 기왕 이렇게 됐으니까 너도 인생을 좀 바꿔봐. 학원도 더 좋은 데로 알아보고, 내가 소개팅시켜 줄 테니까 다른 여자도 만나봐."

"……소개팅 같은 거 필요 없어."

"그러지 말고 만나봐. 그리고 부적은 지갑 속에 꼭 넣어 갖고 다녀. 또 이상한 거 꼬이지 않게."

"누나가 그걸 어떻게 알아?"

그의 목소리에 급작스럽게 가시가 돋쳤다. 누나가 흠
칫 놀랐다.

"뭘?"

"지갑 속에 부적 들어 있었던 걸, 누나가 어떻게 아냐고?"

"내가 넣어놨으니까 알지. 할머니가 주셨어."

"⋯⋯그게 누나였어?"

그는 일어섰다. 눈앞이 벌겋게 타오르는 것 같았다.

"누나가 이렇게 만든 거야? 이게 다 누나 탓이었어?"

누나도 일어섰다.

"얘가 왜 이래?"

"왜 그랬어? 누나가 무슨 권리로 걔를 쫓아 보내?"

"야, 최기준⋯⋯."

"누나가 뭘 알아? 나 걔 정말 좋아했어. 지금도 좋아
해. 난 걔 없으면 안 된다고. 누나가 뭔데 끼어들어, 누나
가 뭔데⋯⋯."

"너 진짜 단단히 홀렸구나."

그리고 누나는 나가버렸다.

어머니

✦

"아침 먹었니?"

"아, 엄마……."

"전화는 왜 안 받아? 계속 잔 거야?"

그는 부스스 몸을 일으켰다.

"밥은 제대로 먹니? 누나가 뭣 좀 해주고 갔어?"

"잔소리만 하다 갔어……."

어머니가 그의 얼굴을 들여다본다. 이마를 짚어본다. 손이 시원하다.

"너, 병원 가야 되는 거 아니니?"

"괜찮아, 푹 자면 나을 거야……."

그는 도로 눕는다. 어머니가 옆에 와서 앉았다.

"누나하고 싸웠다며?"

"……."

"그 아가씨, 아직도 보고 싶어?"

"……."

"그렇게 보고 싶으면 연락해 보지 그러니?"

"……연락처 몰라."

"그런 게 어디 있어? 왜 몰라?"

"전화번호 바꿨나 봐. 없는 번호래."

"집이나 직장 주소 몰라?"

"이사 갔어. 직장도 그만뒀대."

어머니에게 사실대로 말할 수는 없었다.

"어쩌나. 안 그렇게 봤는데, 그 아가씨 독한 구석이 있네."

"……."

"기준아."

"……."

"그렇게 보고 싶으면, 엄마가 한번 찾아봐 줄까?"

"엄마가 무슨 수로."

"그때 만나봤을 때, 그 아가씨가 자기가 다니는 방송 국이랑 학원 얘기를 했잖니? 그러니까 거기다가 전화해서 어디로 갔는지 물어보면 혹시……."

그가 말을 끊었다.

"소용없을 거야."

"엄마 친구 중에 미용 학원 하는 사람도 있어. 세상 의 외로 좁다. 너. 건너 건너 물어보면 다 나오게 돼 있어."

나올 리가 없다.

"그렇게 보고 싶으면, 엄마가 찾아줄 테니까 다시 만

나서 잘 얘기해 봐."

"잘 얘기해서 어쩌게. 할머니가 저렇게 반대하시는데……."

"할머니하고 결혼하니? 너하고 결혼하지."

"……."

"네 마음이 중요한 거야. 나랑 너희 아빠랑 결혼할 때도, 할머니가 얼마나 뭐라고 그러셨는지 아니? 궁합이 어떻고, 사주가 어떻고……. 그래도 결혼해서 여태까지 잘 살잖아?"

궁합이나 사주 정도의 문제가 아니라고는 말할 수 없었다. 그러나 어머니의 말을 듣다 보니, 궁합이나 사주와 크게 다른 문제가 아니라는 생각도 들기 시작했다.

"잘 생각해 보고, 네가 하고 싶은 대로 해. 중요한 건 네 마음이야."

전화

✦

어머니가 가고 나서, 그는 다시 바닥에 큰대자로 누워 자신의 마음을 들여다보았다.

누나가 했던 말이 떠올랐다. 사실이었다. 서른네 살이 되도록, 그가 인생에서 이룬 것은 아무것도 없었다. 아무것도 이루지 않으려고 애썼다는 쪽이 더 정확할 것이다. 서른네 살이 되도록, 그는 삶에서 무언가를 강렬하게 원해본 적이 없었다. 그에게 있어 삶의 목표는, 귀찮고 힘든 일은 되도록 피하면서, 가능한 한 여유 있게, 한가롭게, 자기 자신만을 위해서 즐겁게 사는 것이었다.

그녀를 만나면서 이런 삶의 태도는 의도하지 않게 바뀌었다. 이토록 물불을 안 가리고 뭔가를, 누군가를 집요하게 원해보기는 처음이었다. 그녀가 시켰기 때문에 그는 강으로 추락하려는 버스를 구해냈고, 그녀를 원했기 때문에 안온하던 일상을 모두 무너뜨리면서 어딘지도 모를 곳으로 그녀를 찾아 헤매 다녔다. 가족들이 얼마나 반대하건, 주위 사람들이 뭐라고 생각하건 개의치 않았다. 그는 그녀를 원했고, 그녀를 원한다는 사실만이 의미가 있었다.

그는 자리에서 일어섰다. 그녀를 찾아야 했다. 정확히 어디서, 어떻게 시작해야 할지는 알 수 없었다. 그래도 어쨌든, 그녀를 찾아야 했다.

그는 바지 주머니에서 지갑을 꺼냈다. 내용물을 모두 끄집어내 샅샅이 살폈다. 그녀에게 가기 전에, 혹시 누나가 또 무슨 부적이라도 숨겨놓지 않았는지 확인해야 했다. 다행히 낯선 물건은 없었다. 신분증, 신용카드, 얼마안 되는 현금, 잡다한 영수증, 모두 익숙한 자신의 소지품들이었다.

내용물을 다시 지갑 안에 챙겨 넣다가 그는 문득 깨달았다.

그녀의 명함이 없다.

순간적으로 공황 상태가 그를 덮쳤다. 말 그대로 눈앞이 깜깜해졌다. 아무 생각도 나지 않았다.

한동안 멍하니 앉아 있다가 그는 방 안을 뒤지기 시작했다. 지갑이 들어 있던 바지 주머니부터 뒤집었다. 가진 모든 옷의 주머니란 주머니는 전부 뒤졌다.

명함은 나오지 않는다.

방 안의 서랍을 몽땅 뒤지고 가방의 내용물을 쏟아내어 하나씩 훑었으나 명함은 어디에도 없었다. 반쯤 눈이 뒤집힌 채로 그는 전화기를 찾았다. 누나다. 아니면 할머니일 것이다.

번호를 누르려는 순간 전화벨이 울렸다. 화면에 나타난 발신자는 '황지은'이었다.

매번 바뀌는 그녀의 번호를 일일이 전화기에 입력한 적이 없다는 생각 따위는 떠오르지 않았다. 전화를 받아야만 했다.

"여보세요? 여보세요, 지은 씨?"

대답이 없었다.

"지은 씨? 지은 씨 맞아?"

"……."

"지은 씨, 듣고 있어? 대답해."

"……."

"지은 씨, 장난치지 말고 제발 대답해. 듣고 있어?"

"……정말 날 원해?"

목소리는 멀리서 바람에 흔들리는 것처럼 아주 약하게 들렸다.

"지은 씨?"

"……난 100퍼센트를 원해. 전부 다, 줄 수 있어?"

"다 줄게. 100퍼센트 다 줄게."

"……약속해?"

"약속해. 맹세해."

"……그럼, 찾아와 봐……."

그리고 전화는 끊어졌다.

그래서 그는 그녀를 찾아갔다.

사자(使者)

✦

 '그것'은 불시에 찾아왔다. 그녀는 문을 열어주지 않았다. '그것'은 이미 집 안에 들어와 그들 앞에 서 있었다.

 "황지은 씨 댁 맞습니까?"

 '그것'이 묻는다. 그녀는 대답하지 않는다.

 "최기준 씨를 찾아왔습니다. 계십니까?"

 대답하려는 그를 그녀가 붙잡는다. 그러나 '그것'은 이미 그를 보았다.

 "본인이십니까?"

 그는 대답하지 않는다.

 '그것'은 아랑곳하지 않고 안주머니에서 뭔가를 꺼낸다. 작은 종이쪽지다. '그것'은 쪽지를 보면서 읽기 시작한다.

 "최기준 씨 조모님께서 보내셨습니다. 황지은 씨께 이렇게 전달하라고 하시는군요. '우리 애를 놔줘라.'"

그녀는 억지로 조금 웃는다. 그리고 대답한다.

"제가 잡고 있는 게 아니에요. 저 사람이 저한테 온 거예요."

'그것'이 다시 안주머니에서 쪽지를 끄집어낸다.

"이렇게 전달하라고 하십니다. '그건 대답이 아니다. 다시 한번 말하마. 우리 애를 놔줘.'"

그녀가 대답한다.

"저 사람이 스스로 떠나지 않으면, 제가 억지로 보낼 수는 없어요."

그리고 그녀는 차분하게 덧붙인다.

"이것도 인연이에요."

"우린 서로 사랑해요."

그가 나선다.

"할머니께 그렇게 전해주세요."

'그것'이 그를 잠시 쳐다본다. 그리고 말한다.

"조모님께서 최기준 씨께 다음과 같이 전달하라고 하십니다."

'그것'은 다시 종이쪽지를 꺼낸다. 읽는다.

"'그게 바로 홀린 거야, 이 한심한 것아.'"

'그것'은 쪽지를 뒤집는다. 뒷면을 읽는다.

"'지금 네 정신이 네 정신이 아니다. 철 좀 들어, 이것아.'"

그리고 '그것'은 고개를 들어 그를 쳐다본다.

"그게 사랑하고 뭐가 달라요?"

그가 외친다.

"내가 이렇게 원하는데, 할머니는 왜 안 된다고만 해요?"

그녀가 말한다.

"해치려는 게 아니에요. 정말이에요."

'그것'이 다시 종이쪽지를 꺼낸다.

"황지은 씨께 전달하라고 하십니다. '해칠 생각이 없어도, 해치게 된다.'"

'그것'이 쪽지를 뒤집는다.

"'넌 그런 존재다. 너 스스로 더 잘 알 거 아니냐?'"

"그럴 리가 없어요."

그가 버틴다. '그것'에게 외친다.

"당신 도대체 누구예요? 무슨 권리로 남의 집에 멋대로 들어와서 생판 모르는 사람더러 나가라 마라 하는 거예요?"

'그것'이 건조하게 대답한다.

"나는 사자(使者)입니다. 조모님의 의견을 전달하고 최기준 씨를 데리러 왔습니다."

"어린애 취급 하지 말아요."

그가 화를 낸다. 벌떡 일어서서 외친다.

"당신이 누군지도 모르는데, 할머니가 어쩌고 하면 내가 따라 나갈 것 같아? 당장 나가."

'그것'이 또 안주머니에서 종이쪽지를 꺼낸다.

"최기준 씨께 전달하라고 하십니다. '기를 그렇게 뺏긴 채로 흥분하면 좋지 못해.'"

그리고 쪽지를 뒤집는다.

"'돌아올 수 있을 때 어서 돌아와라. 제발 정신 좀 차려.'"

"헛소리하지 말고 당장 나가라잖아!"

'그것'은 한숨을 쉰다. 그리고 그녀를 쳐다본다. 그녀는 웃으며 고개를 젓는다.

'그것'은 다시 한숨을 쉰다. 그리고 그녀 쪽으로 한 발 다가선다.

"뭐야, 너."

그가 그녀 앞을 막아선다.

"괜찮아."

그녀가 말한다.

"앉아 있어."

그는 그녀가 시키는 대로 소파에 앉는다. 그녀가 천천히 소파에서 일어선다.

'그것'이 방어하듯 양손을 쳐든다. 왼손에 쪽지를 쥐고 있다.

"황지은 씨께 전달합니다. '그런 짓은 안 하는 게 좋아.'"

"누가 할 소리."

그녀가 속삭인다.

'그것'이 다시 한 발 다가선다.

순간, 그녀가 공중으로 솟구쳐 오른다. '그것'에게 덤벼들어 머리를 물어뜯는다……

2부

깨어남

✦

"……아."

나는 눈을 떴다. 몽롱하다.

"……준아!"

나는 고개를 돌린다. 아직도 눈앞이 흐릿하다.

"야, 최기준! 눈 안 뜰래!"

누나가 고함을 지른다. 머리가 울린다.

"소리 지르지 마……."

나는 애써 중얼거린다.

이렇게 말하는 내 목소리는 내가 들어도 끔찍하다. 밤새워 술을 퍼마신 사람처럼 갈라지고 잠겨서, 하는 말은 절반쯤밖에 들리지 않는다.

"정말 팔자 늘어졌다."

누나가 말한다.

"너, 어떻게 이럴 수가 있어?"

"왜, 내가 뭘 어쨌다고⋯⋯."

다시 한번, 밤새워 술 퍼마신 목소리로 내가 애써 반박한다. 아닌 게 아니라, 머리가 지끈거리고 온몸에 기운이 하나도 없다. 정말로 밤새워 술만 퍼마신 기분이다.

⋯⋯그러나 술은 마시지 않았다.

⋯⋯고 생각했지만,

⋯⋯어제가 기억나지 않는다.

"누나, 지금 몇 시야⋯⋯?"

나는 몸을 일으키려 애쓴다. 고개를 돌리는 순간, 토할 것 같다. 움직일 수가 없다.

"오늘 며칠이야⋯⋯?"

누나는 대답하지 않는다. 나는 고개를 들고 누나를 바라본다.

누나는 울고 있다.

"누나, 왜 그래?"

누나는 나를 노려보며 눈물만 흘릴 뿐, 대답하지 않는다.

"누나, 무슨 일 있어?"

"⋯⋯할머니가 쓰러지셨어."

누나가 이를 악물고 대답한다.

"네가 여자 만나고 돌아다니느라 연락도 안 받고 자취방에서 잠이나 처자는 동안, 할머니가 쓰러지셨다고."

누나가 일어선다.

"가족들이 얼마나 널 찾아다녔는지 알아?"

"⋯⋯."

"네가 그러고도 사람이야?"

그리고 누나는 나가버렸다.

나는 억지로 몸을 일으켰다. 화장실로 가서 조금 토했다. 찬물을 받아놓고 머리를 물속에 처박았다. 약간은 정신이 드는 기분이다.

방으로 돌아와서 휴대전화를 보았다. 꺼져 있다. 전원버튼을 눌렀다. 켜지지 않는다.

컴퓨터를 켰다. 날짜를 확인했다.

한 달.

내가 마지막으로 기억하는 날짜로부터 한 달이 지나가 있다.

지난 한 달간의 기억은 없고, 할머니가 쓰러지셨다.

다시 누나에게 전화했다가, 누나가 전화기를 꺼버려서, 엄마에게 전화해서, 온갖 잔소리와 타박을 들은 후에, 병원 이름을 알아내어, 서둘러 옷을 갈아입고 병원으로 달려갔다.

가면서 나는 생각했다.

도대체 어떻게 된 일인가?

할머니

✦

할머니의 병명은 뇌출혈이었다. 내가 찾아갔을 때는 이미 수술을 받고 나와 중환자실에 누워 계셨다. 진물이 배어 나온 흰 붕대로 박박 밀어버린 머리를 감싸고, 코와 팔과 몸 여기저기에 관을 꽂고, 몸부림을 치지 못하도록 양팔이 침대에 묶여 있었다. 묶여 있는데도 한 팔을 들어 끊임없이 공중을 휘저으며 '어, 어⋯⋯' 하는 알 수 없는 신음 소리를 뱉는 할머니의 모습을 보고 나는 뭐라고 해야 할지 알 수 없었다.

중환자실은 면회를 마음대로 할 수 없었다. 하루에 단 한 시간, 즉 점심과 저녁에 30분씩 두 번만 들어갈 수 있었다. 나는 면회객이 별로 없는 낮 시간을 이용해서 가능한 한 자주 찾아갔다. 고모나 어머니, 혹은 사촌 동생이 할머니의 몸을 닦아드리기도 하고 손을 잡고 말을 걸기도 하는 동안, 나는 어쩔 줄 모르며 그저 옆에서 멍하니 보고만 있었다. 물티슈를 사 온다든가, 수건을 적셔 온다든가 등의 잔심부름을 하는 게 고작이었다.

같은 병실에 있던 다른 사람들은 며칠 만에 중환자실을 나가고, 또 다른 환자가 들어오곤 했다. 할머니의 옆 침대에 누워 있던 사람은 젊은 남자였다. 어머니로 보이는 중년 여성이 남의 눈은 아랑곳없이 큰 소리로 아들의 이름을 부르며 눈 좀 떠보라고 계속 외쳐대다가 간호사의 주의를 들었다. 그 남자도 며칠 후에 찾아갔을 때는 이미 퇴원하고 없었다.

그러나 할머니는 몇 주가 지나도 깨어나지 못했다. 3주가 지나자 병원 측에서는 조심스럽게 비관적인 의견을 피력했다.

한 달째 되던 날 할머니는 병원을 옮겼다. 새로 들어가신 곳은 할머니와 같은 무의식 상태의 환자들만 전문적으로 보살피는 병실이었다.

의식을 잃은 지 5주가 넘어가도록, 할머니는 여전히 몸 여기저기에 주렁주렁 관을 연결한 채, 흰 붕대로 머리를 감싸고 화초처럼 곱게 누워 계셨다.

중환자실의 남자

✦

남자와 마주친 것은 병원 로비에서였다. 여전히 의식이 없는 할머니 옆에 한참 동안 그저 서 있다가, 병실을 나와서 로비의 자판기에서 커피를 한 잔 뽑아 마시고 있었다. 옆에서 누군가 말을 걸었다.

"할머님 면회 오셨나 보죠?"

"예?"

나는 화들짝 놀라서 돌아보았다. 남자가 웃으며 말했다.

"저, 못 알아보시겠어요? 그때 중환자실에서, 할머님 옆에 있었는데……."

"아아……."

나는 비로소 기억이 났다. 인사했다.

"많이 회복하셨네요? 그때는 얼굴을 너무 심하게 다치셔서……."

"아, 예. 꼴이 말이 아니었죠."

남자가 쑥스러운 듯 웃었다.

"여긴 어쩐 일이세요?"

"통원 치료 받고 있어요, 후유증이 좀 있어서."

이번에는 남자가 내게 물었다.

"할머님은 좀 어떠세요? 깨어나셨어요?"

"아직……."

나는 고개를 저었다. 남자의 얼굴이 어두워졌다.

"빨리 회복하셔야 될 텐데……. 벌써 꽤 오래됐죠?"

"예……."

남자와 나는 말없이 커피를 마셨다.

문득 남자가 말했다.

"이렇게 가는 병원마다 마주치는 것도 인연이죠."

"……아, 예."

내가 어색하게 대답했다. 남자가 말을 이었다.

"그래서 드리는 말씀인데요."

나는 영문을 몰라 남자를 쳐다보았다. 남자가 커피를 한 모금 마시고 말했다.

"이런 얘기 하면 이상하게 들으실지도 모르지만, 제가 할머님 꿈을 꿨어요."

"예?"

"그때 중환자실에 있을 때였어요. 의식이 없었는데도, 그 꿈만은 기억이 나요. 똑같은 꿈을 되풀이해서 꿨거든요."

"……어떤 꿈인데요?"

"할머님께서, 손자분께 꼭 하실 말씀이 있는데, 너무

배가 고파서 목소리가 안 나온다고 하셨어요."

"……."

나는 종이컵을 손에 쥔 채로 멍하니 남자의 얼굴을 들여다보았다. '할머님께서, 너무 배가 고파서.' 그 말이 형용할 수 없는 무게가 되어 가슴을 짓누르는 것이 느껴졌다.

남자가 내 눈을 차분히 응시하며 말했다.

"오늘 밤, 자정이 되거든 할머님 댁 안방에 음식과 술을 차려놓고, 거기서 하룻밤 주무세요. 그러면 뭔가 도움이 되는 말씀을 들을 수 있을 거예요."

그리고 남자는 가버렸다.

지옥의 개

✦

　남자를 믿은 것은 아니었다. 다만, 할머니가 굶주리고 계신다는 그 말을, 그 생각조차 견딜 수 없을 뿐이었다.

　고모에게 여러 가지로 둘러대고 눙친 끝에 간신히 할머니 댁 열쇠를 얻어냈다. 기억을 되살려 할머니가 좋아하셨던 종류를 골라 떡과 과일, 그리고 전을 샀다. 술은 특별히 좋아하셨던 기억이 없지만, 그래도 구색을 갖추기 위해 준비했다.

　할머니 댁 안방에 상을 차려놓고, 자정이 되어 나는 할머니가 쓰시던 보료 위에 누웠다. 꿈속이라도 좋으니, 최소한 배불리 잡수시는 모습이라도 보고 싶었다.

　전에서 풍기는 기름 냄새를 맡으며, 나는 하나 집어먹고 싶은 유혹을 뿌리치기 위해 애썼다. 보료 위에 누워서 음식 냄새를 맡고 있자니 내가 바보짓을 하는 게 아닐까 하는 생각이 점점 더 강해졌다.

그리고 나는 잠이 들었다.

내 앞에 '그것'이 앉아 있었다. 몸을 일으키려는 내게 '그것'이 말했다.

"아아, 편하게 누워 계세요."

'그것'은 손에 든 공책을 들여다보았다.

"시간이 없으니까, 곧장 본론으로 들어가겠습니다. 지난 한 달간, 어디서 무엇을 했는지 기억하십니까?"

"아니요……"

나는 어리둥절한 채로 대답했다. '그것'이 고개를 들어 나를 쳐다보았다.

"전혀 기억이 없습니까?"

"그게……. 잘……."

내가 불확실하게 웅얼거렸다. '그것'이 다시 물었다.

"단편적으로라도 떠오르는 게 없어요? 잘 생각해 보세요."

나는 생각했다.

"웨딩드레스……."

"웨딩드레스요?"

그는 들고 있던 공책에 뭔가 적었다.

"어떤 웨딩드레스요? 누가 입고 있었죠?"

"그녀가……, 입고 있었던 것 같은데……."

"그녀는, 그러니까 자칭 황지은 씨라고 하는, 여우 말이군요?"

"예……."

'여우'라는 단어가 거슬렸지만, 내색하지 않았다. 그는 다시 공책에 뭔가 적었다. 그리고 격려하듯 말했다.

"계속 떠오르는 대로 말씀해 보세요. 어떤 웨딩드레스 였죠?"

"하얗고, 반짝이고……."

그는 내가 말하는 대로 바쁘게 받아 적으며 물었다.

"반짝인다는 건, 천의 재질입니까? 아니면 장식이 달렸나요?"

"장식이 달렸어요……. 작은 구슬 같은 게, 옷 전체에……."

"전문 용어로 비즈라고 하죠. 웨딩드레스치고 꽤 화려하군요."

그는 계속 공책에 적으며 고개를 끄덕였다.

"비즈 장식의 화려한 웨딩드레스……. 그리고 또, 뭐 기억나는 거 없습니까?"

"드레스 아래로……, 꼬리가……."

"꼬리! 드디어 본색이 드러났군요. 한 개?"

"아니요, 여러 개였어요."

"꼬리가 여러 개라……. 몇 개인지 혹시 기억납니까?"

"그건 잘……."

'그것'이 고개를 끄덕였다.

"좋아요. 뭐 그건 별로 중요하지 않죠. 그래서 어떻게 됐습니까?"

"그리고 그녀가 저를 쳐다보고……."

"돌아보고?"

"송곳니가 이렇게 길어지더니……."

"하! 송곳니? 그래서요?"

"제 목에 송곳니를 박고, 피를 빨았어요……."

'그것'이 열심히 받아 적다 멈췄다. 공책 너머로 나를 쳐다보았다.

"피를 빨아요?"

"예……."

"확실합니까?"

"……그게……."

'그것'의 준엄한 어조에 내가 머뭇거렸다. '그것'이 건조하게 나무랐다.

"여우는 흡혈귀가 아닙니다. 혼동하지 마세요."

"……."

나는 무안해졌다. '그것'이 쯧, 하고 혀를 차더니 볼펜으로 공책을 다시 톡톡 쳤다.

"기억이 일부 상실된 부분을 대중매체에서 본 영상으로 대신하는 모양인데, 대리 경험이란 게 워낙 흔한 증상이지만 지금은 상황이 상황이다 보니 이거 곤란하군요. 이렇게 되면 구술하는 내용 전체의 신뢰도가 떨어지니까 말이죠……."

"신뢰도가 떨어지면 어떻게 되는데요?"

'그것'은 다시 볼펜으로 공책을 톡톡 쳤다. 그리고 말했다.

"아, 뭐, 당신이 걱정하실 일은 없습니다. 행정적인 문제니까요. 계속합시다."

'그것'은 나를 보며 싱긋 웃었다. 치아는 고르지 못하고 끝이 유난히 뾰족했다. 그중에서도 커다랗고 위협적으로 사나워 보이는 송곳니가 번쩍, 빛났다. 문득 영어의 'canine'이란 단어가 떠올랐다. 왜 그 단어가 '갯과의 동물'과 '송곳니'를 함께 뜻하게 됐는지 알 것 같았다.

나는 내 앞에 앉아 있는 존재를 찬찬히 관찰했다. 거의 사람 크기 정도의, 커다란 개였다. 온몸이, 아니 적어도 몸의 드러나 있는 부분은 흰 털이 한 군데도 없이 새까만 색이었다. 개에 대해 지식이 없어서 정확히 무슨 종인지는 알 수 없었으나, 사냥개일 것 같았다. 털이 길고 나풀나풀했고, 주둥이가 길어 얼굴이 뾰족하고, 다리가 길고 허리가 잘록하게 들어가서 생김새가 매우 날렵했다. 안락의자에 말 그대로 안락하게 다리를 꼬고 깊숙이 기대앉아서, 위에 얹은 한쪽 다리에 공책을 놓고 왼쪽 앞발로 지탱하고, 오른쪽 앞발에 볼펜을 들고 능숙하게 뭔가 계속 써댔다. 특이하게도 연미복을 입고, 목에는 나비넥타이를 매고, 코에는 코안경을 쓰고 있었다. 빳빳하게 풀을 먹여 얼룩 한 점 없이 새하얀 셔츠의 커프스와 가슴받이가 새까만 연미복 상의와 대비되어 사무실의 형광등 불빛 아래 빛났다.

사실 그곳이 사무실인지, 연구실인지, 병원의 진찰실

인지는 알 수 없었다. 방 안에 가구라고는 검은 개가 파묻혀 있는 역시 검은색의 커다란 안락의자와, 내가 누워 있는 소파, 그리고 나지막한 다탁(茶卓)과, 방 한구석에 서 있는 옷걸이뿐이었다. 옷걸이에는 내 외투가 걸려 있었고, 다탁 위에는 향기로운 김을 피워 올리는 머그잔도 두 개 놓여 있었다. 창문이 없고 형광등 조명이 지나치게 밝아서 천장과 벽만 보면 어쩐지 경찰서의 취조실 같은 느낌도 들었지만, 그러기에는 내가 누운 소파나 개가 앉아 있는 안락의자가 너무 편안했다.

"여기가 어딘지 궁금합니까?"

속내를 들키고 나는 흠칫 놀랐다.

개가 다시 송곳니를 드러내며 싱긋 웃었다.

"사실 그런 건 크게 중요하지 않지만, 알게 된다고 달라지는 것도 없으니 알려드리죠. 여기는 내 집무실입니다."

"……제가 어떻게 여기까지 오게 됐죠?"

"당신이 나한테 온 게 아니죠. 그 반대입니다."

개는 흘깃 공책 쪽을 곁눈질했다.

"단기 기억이 상당히 손실된 모양인데……. 하긴 그 부분은 일반적으로 기억을 못 하니까 놀랄 것도 없겠죠. 당신이 나한테 온 게 아니고, 내가 당신을 찾아온 겁니다."

"그럼 전 지금 어디 있는 거죠?"

"집에 어떻게 갈지 걱정됩니까? 그런 건 걱정 안 해도 됩니다."

내 표정을 보고 개는 세 번째로 송곳니를 드러내며 싱

긋 웃었다.

"아까 말했듯이 여긴 내 집무실입니다. 하지만 정확히 말하면 집무실이 날 따라다니는 거니까, 내가 가는 곳이 곧 내 집무실이죠. 그러므로 이 장소도 곧 나라고 할 수 있습니다. 이해가 됩니까?"

이해가 되지 않는다.

"……그럼, 저, 댁은, 누구신데요?"

"당신이 소환해 놓고 기억이 안 나는 모양이죠? 허허……."

개는 유쾌한 듯 껄껄 웃었다.

"사람들이 부르는 이름에는 여러 가지가 있더군요. 지옥의 십대왕(十大王) 혹은 시왕(十王)이라고 혹시 아십니까?"

나는 불확실하게 고개를 흔들었다.

"대무신왕은 들어봤지만, 십대왕은……."

"아아, 고구려 역사나 온라인 게임과는 거리가 멀죠."

개가 심각한 표정을 지으며 오른쪽 앞발의 검지를 세워 좌우로 흔들었다.

"그럼 이건 어떻습니까. 케르베로스라고 혹시 들어봤습니까?"

"그것도 별로……."

개는 고개를 저었다.

"그리스 로마 신화를 좀 더 공부하시는 게 좋겠군요. 그럼 망각의 강을 건너는 뱃사공 카론은 혹시 들어봤습니까?"

"아니요……."

나는 점점 더 혼란스러워졌다.

"그럼, 저, 뱃사공이 저승의 문지기 개하고 같은 거였어요?"

"케르베로스를 대충은 아시는군요?"

개가 반가워했다.

"카론하고 케르베로스는 전혀 다른 존재지만, 이해를 돕기 위해서 먼저 당신의 상식 수준을 테스트하는 겁니다."

"하지만 그리스 로마 신화는 우리나라 신화도 아니고, 상식이라고 하기엔……."

내가 미약하게 항의했다. 개는 마지못해 동의했다.

"그렇게 생각할 수도 있군요. 좋습니다. 어쨌든, 속칭 저승, 혹은 피안(彼岸)의 세계에 대해서 얼마나 알고 계시죠?"

"그냥, 저승사자나, 염라대왕 정도……."

"생각보다 그다지 조예가 없군요. 하긴 요즘 사람들이 다 그렇지만, 흠……."

개는 잠시 생각했다.

"염라대왕은 좀 심하고, 저승사자라고 해둡시다."

"저승사자?"

나는 누워 있던 소파에서 벌떡 몸을 일으켰다.

"그럼 제가 죽었단 말이에요?"

"허허……."

개가 딱하다는 표정으로 혀를 끌끌 찼다.

"사람이니까 언젠가는 죽겠지만, 지금은 아니죠. 무슨 일로 날 여기까지 소환했는지 생각 안 납니까?"

나는 불확실하게 고개를 흔들었다. 개가 공책을 덮어 의자 옆에 꽂더니 의사들이 흔히 하듯이 안락의자에 앉은 채로 의자를 끌고 가까이 다가왔다. 내 눈과 혀를 관찰한 후 공책을 꺼내 들고 뭔가 적었다.

"기를 많이 뺏기면 단기 기억에 때 이른 손상이 오게 되며, 이는 안내자의 효율적인 업무에 상당한 지장을 줄 수 있다……. 연구 주제가 되겠군요."

그리고 개는 안락의자에 탄 채 다시 원래 자리로 돌아갔다.

"좋습니다. 그럼 다시 이전의 주제로 돌아가도록 하죠. 그녀가 웨딩드레스를 입고 있었다, 이 점은 확실합니까?"

잠시 생각한 후 나는 고개를 끄덕였다.

"……예."

"잘 생각하고 대답하는 게 좋습니다. 정말 확실하죠?"

"예."

"그녀가 웨딩드레스를 입고 있었으면, 결혼식입니까?"

나는 다시 생각했다.

"……예. 그런 것 같아요."

"그런 것 같습니까, 아니면 결혼식이 확실합니까?"

"확실해요."

"좋습니다. 그녀와 당신의 결혼식입니까, 아니면 그녀와 다른 사람의 결혼식입니까?"

"그녀와 저의 결혼식입니다."

나는 이번에는 확고하게 대답했다.

"확실합니까? 그런 것 같군요. 좋습니다. 그리고 또 무슨 일이 있었죠?"

"그녀와 결혼하고 나서, 당신이……."

나는 개를 멍하니 쳐다보았다.

"당신이 찾아왔잖아요, 우리 집으로……."

나는 완전히 혼란에 빠진 채로 검지를 들어 개를 가리켰다.

개가 공책을 들지 않은 손으로 손짓했다.

"그건 내 동료입니다만, 어쨌든 기억하는군요. 좋습니다. 하지만 그 손가락은 좀 내려주셨으면 하는데."

나는 무안해져서 손을 내렸다. 개가 말을 이었다.

"계속합시다. 내 동료가 찾아왔고, 그래서 어떻게 됐죠?"

"할머니의 말씀을 전달하고, 나를 데리러 왔다고……."

"할머니 말씀. 좋습니다. 그게 뭐였죠?"

"그녀와 헤어지라고……."

말을 하다 말고 나는 이를 악물었다. 가슴에 둔중한 통증이 느껴졌다.

개는 조금 기다렸다. 그리고 부드럽게 재촉했다.

"그래서, 헤어졌나요?"

"아니요……."

"어떻게 됐죠?"

나는 기억을 더듬었다.

"그녀가……."

"그녀가?"

"그 개, 아니……."

나는 개의 눈치를 살폈다. 개가 이해심 많게 고개를 끄덕였다.

"……동료분의 머리를, 물었어요……."

개는 공책에 뭔가를 열심히 휘갈겨 썼다. 그리고 갈겨 쓴 내용을 진지한 표정으로 재확인한 후 내게 물었다.

"좋습니다. 그 뒤로 어떻게 됐죠?"

"몰라요……."

나는 멍하니 대답했다. 개가 다시 물었다.

"그 뒤로 가장 먼저 기억나는 게 뭡니까?"

"……누나요."

"누님? 좋습니다. 누님과 무슨 일이 있었죠?"

나는 생각했다.

"……할머니."

나는 소파에서 몸을 일으켰다.

"할머니가 쓰러지셨어요."

개가 안락의자에서 벌떡 일어났다.

"바로 그겁니다. 기억해 냈군요. 바로 그 일 때문에 날 여기까지 소환한 겁니다!"

나는 어리둥절한 채로 개를 바라보았다. 개가 흥분한 목소리로 말을 이었다. "자, 그래서 어떻게 됐죠? 할머니가 쓰러지시고?"

"할머니가 쓰러지시고……."

나는 가물가물한 기억을 헤집었다.

"……쓰러지시고. 그녀가……."

"그녀가?"

"그녀가 사라졌어요……."

"좋습니다. 거의 다 됐어요. 계속 말씀하세요."

개가 여전히 두 뒷발로 선 채, 마치 걸음마를 처음 시작한 어린아이를 어르는 것 같은 손짓을 했다. 나는 개를 멍하니 쳐다보았다.

"그녀는 어디 있죠?"

개의 얼굴에서 흥분이 사라졌다. 개는 안락의자에 털썩 주저앉았다. 그리고 실망한 목소리로 물었다.

"지금 그게 중요합니까?"

"혹시 알고 계세요? 알려주세요. 그녀는 어디 있죠?"

개가 왼쪽 앞발을 들어 허공에 원을 그렸다.

"후진. 후진. 뒤로 돌아가 봅시다. 그녀가 아니고, 지금 중요한 건……."

"그녀는 어디 있어요? 알면서 말 안 해주는 겁니까?"

내가 말을 끊었다. 개가 고개를 설레설레 저었다.

"정욕이란 어쩔 수 없군. 아무리 번식과 종족 보존이 본능이라고 해도, 이건 좀 너무한데."

"이해할 수 없는 소리 그만하고 가르쳐줘요. 그녀는 어디 있어요?"

개는 잠시 나를 쳐다보았다. 그리고 알았다는 듯이 고개를 끄덕였다.

"진정해요. 앉아요."

나는 뭐라고 더 말하려다가 개의 표정을 보고 엉거주춤 소파에 앉았다.

"거기 음료라도 한 모금 마시고, 마음을 좀 가라앉혀요."

나는 시키는 대로 머그잔을 입에 가져다 대고 한 모금 마셨다. 머그잔 속의 음료는 커피였다. 커피는 뜨겁고, 진하고, 향기로웠으며, 기묘하게 달짝지근한, 익숙한 맛이 혀끝에 휘감겼다. 나는 한 모금 더 마셨다.

"아아, 됐어요. 지금 상태에선 너무 많이 마셔도 곤란하니까, 그 정도로 해요."

개가 짜증스럽게 손짓하며 저지했다. 나는 아쉬워하며 커피를 도로 내려놓았다.

개는 다시 공책을 펼쳐 들고, 한 손에 볼펜을 들고, 코안경 너머로 나를 바라보며 말했다.

"그러니까, 그녀와 결혼한 직후, 사자가 찾아왔다. 그녀와 충돌이 있은 후, 할머니가 쓰러지셨고 그녀가 사라졌다. 맞습니까?"

나는 고개를 끄덕였다.

"예."

고개를 움직이자 갑자기 현기증이 밀려왔다. 나는 양손으로 머리를 감쌌다.

"왜 그러시죠? 두통이 있나요?"

개가 물었다. 나는 머리를 감싼 채 눈을 감고 대답했다.

"아니……, 갑자기 현기증이……."

"그렇습니까. 좀 쉬도록 하죠."

개의 조언대로 나는 소파에 누워 눈을 감았다. 커피, 그 달짝지근한 맛, 현기증, 모두 대단히 익숙하게 느껴졌지만, 정확히 어디서 어떻게 익숙해졌는지는 기억할 수 없었다.

"좀 괜찮습니까?"

잠시 시간이 지난 후에 개가 물었다.

"……예."

내가 누운 채로 말했다.

"누워 계세요. 그대로 진행하죠. 괜찮으시겠습니까?"

"예."

"좋습니다. 본론으로 돌아가죠."

개가 다시 공책을 들여다보았다.

"할머니가 쓰러진 사건과 그녀가 사라진 사건의 전후 관계가 어떻게 됩니까?"

"예?"

"할머니가 쓰러진 게 먼저입니까, 그녀가 사라진 게 먼저입니까?"

나는 생각했다.

"……모르겠어요."

개가 범인을 취조하는 형사 같은 말투로 물었다.

"정말 모릅니까?"

"예."

"진술을 번복하면 곤란하니 잘 생각하고 말씀하세요. 정말 모릅니까?"

"예. 정말 몰라요."

"그럼 할머니를 회복시킬 방법에 대해 상담하기 위해서 나를 여기까지 소환한 사실도 기억이 없습니까?"

나는 말이 막혔다. 내 표정을 보고 개가 다시 물었다.

"정말 기억이 없습니까? 잘 생각하고 대답하세요."

"저……, 기억이 나는 것도 같지만……."

개가 무섭게 으르렁거렸다.

"기억이 납니까, 안 납니까? 예, 아니요, 로만 대답하세요!"

"……."

"한심하군요."

개가 내 얼굴을 가만히 보더니 고개를 절레절레 흔들었다.

"좋습니다. 원칙상 본인이 기억해서 탄원을 해야 하지만, 지금은 상황이 상당히 특수하니까 그 정도에서 넘어가기로 하죠. 사자가 찾아온 후 그녀가 사라졌고, 그와 동시에 당신의 조모님께서 쓰러지신 겁니다. 조모님께서 의식을 잃으신 지는……."

개는 왼팔에 찬 시계를 흘끗 보았다.

"……현재 36일, 아니, 지금 시각으로 37일 6시간 8분 7초 됐군요. 병원에서도 이미 비관적이라고 소견을 밝혔고요. 그래서 당신은 조모님을 회복시킬 방법을 묻기 위해서 나를 여기까지 소환한 겁니다. 동의합니까?"

나는 얼떨결에 고개를 끄덕였다. 개가 사무적으로 말

을 이었다.

"하지만 상담 과정에서 또 다른 중요한 의문점이 제기되었으니, 그 점도 짚고 넘어가기로 하죠. 바로 그녀의 행방입니다. 동의합니까?"

나는 다시 고개를 끄덕였다. 개가 나를 뚫어져라 정면으로 쳐다보며 물었다.

"좋습니다. 그럼 둘 중에서 어느 쪽을 선택하시겠습니까?"

"예?"

"조모님의 의식이 회복되는 것과 그녀의 행방을 아는 것, 둘 중에서 어느 쪽이 당신에게 더 중요하죠?"

나는 당황하여 개를 쳐다보았다. 개의 표정에는 아무런 변화가 없었다.

"……꼭, 선택을 해야 하나요?"

내가 떨리는 목소리로 물었다.

"두 가지 다 알고 계시면, 다 가르쳐주시면 안 되나요?"

"이보쇼."

개가 갑자기 들고 있던 공책을 탁, 하고 집어 던지며 말했다. 나는 흠칫 놀라 벌떡 일어나 앉았다. 이번에는 현기증이 나지 않았다.

"여기가 무슨 자선사업 하는 덴 줄 아쇼? 한 가지 하자고 불렀으면 한 가지만 해야지, 무슨 마트 할인 판매인 줄 알아? 하나 가격으로 두 개를 알려주게!"

"……가격이라뇨?"

"그럼 세상만사가 다 가격이 있는 거지, 공짜 줄 알았어? 나는 땅 파서 장사하나? 앙?"

개가 위협적으로 으르댔다. 나는 침을 꿀꺽 삼켰다. 겁먹지 않으려 애쓰며 물었다.

"그, 그럼, 한 가지 더 하면 가격이 얼마인데요? 얼마나 드리면 돼요?"

나는 지갑을 꺼내기 위해 바지 주머니에 손을 넣었다. 그러나 바지 주머니는 텅 비어 있었다.

나는 당황했다.

"어, 지갑……?"

나는 주머니를 다시 뒤지기 위해 바지춤에 손을 대었다. 그러나 다시 보니 바지에는 주머니가 없었다.

"어……?"

"세속의 금전 재화는 이곳에서는 아무 쓸모가 없습니다."

내가 당황하여 옷 여기저기를 더듬는 모습을 지켜보다가 개가 말했다. 나는 고개를 들고 개를 쳐다보았다. 상체를 앞으로 숙이고 건들거리며 깡패처럼 위협하던 아까와는 달리, 안락의자에 등을 기대고 앉아 무릎 위에 양손을 모은 온화한 모습이었다.

"그리고 인간으로서 본인이 지불할 수 있는 대가에는 한계가 있습니다. 그러니 잘 생각해서 대답하세요."

"그 대가가 뭔데요?"

개가 등을 꼿꼿이 세웠다. 그리고 조금 더 온화한 목소리로 말했다.

"그녀에게 100퍼센트 다 주겠다고 맹세한 적이 있죠?"

나는 고개를 끄덕였다.

"예."

"그러므로 그녀의 행방을 알고 싶으면, 목숨을 내놓아야 합니다."

"예? 아니, 그런……."

충격받은 내 얼굴을 보고, 개가 다 이해한다는 듯 고개를 끄덕였다.

"100퍼센트 다 주겠다고, 당신 입으로 두 번이나 약속했으니까요. 이제 와서는 어쩔 수 없습니다."

"……그, 그럼, 할머니는요?"

"조모님의 회복을 위해서는 지금 현재 당신이 대단히 소중하게 여기는 것 한 가지를 내놓아야 합니다."

"그, 그게 뭔데요?"

또 목숨을 달라거나, 생식능력 같은 걸 가져가려고 들면 곤란하다고 나는 순간적으로 생각했다.

개가 웃었다.

"목숨은 그녀에게 약속된 것이니 분류가 다르고, 인간의 생식능력 같은 건 우리에겐 필요 없습니다. 그러니 안심하셔도 좋아요."

"하, 하지만, 저에게 소중한 거라면……."

개는 부드럽게 고개를 끄덕였다.

"겁먹을 것 없어요. '소중한 것'이라고는 해도, 당신의 일상생활에는 전혀 지장이 없을 테니까."

"하, 하지만……, 아픈가요?"

"아니요, 아프지 않아요."

"나, 나중에 시간이 갈수록 괴로워지는, 그런 건가요?"

"아니에요. 당신은 전혀 의식하지도 못할 거예요."

개가 다시 격려하듯 고개를 끄덕였다.

"두려워하지 마세요. 그렇게까지 괴롭거나 나쁜 건 아니니까요."

나는 생각했다. 여러모로 궁리하다가 말했다.

"저, 제 수명에서 얼마를 떼어 할머니를 드리고, 그 '소중한 것'은 그녀를 찾기 위해서 쓰면 안 되나요?"

개가 고개를 흔들었다.

"지금 상태에서는 당신 수명을 떼어 할머니께 드려도 전혀 도움이 되지 않습니다. 할머니는 아직 돌아가신 게 아니거든요. 단지 죽음과 삶의 경계에 서 계실 뿐입니다. 그러니 당신의 수명을 떼어 드린다 해도, 의식불명의 상태가 더 오래 지속될 뿐, 회복은 되지 않아요."

일리가 있는 지적이었다. 나는 잠시 더 궁리했다. 그리고 결심을 굳혔다.

"할머니를 살려주세요."

개는 미소 지었다.

"확실한가요?"

"예. 할머니를 살려주세요."

"막상 닥치니까 목숨이 아까운가 보죠?"

나는 불쾌해졌다. 뭐라고 맞받아쳐 주고 싶었다. 그러

나 순간 '목숨이 아까워지는 날이 있을 거야'라는 말이 기억났다. 유람선, 강물에 부서지던 햇살, 풍성한 갈색 머리카락도 함께.

그녀에게 청혼했던 것도, 그녀의 대답도, 이제는 모두 오랜 옛날의 일처럼 아련하게 느껴졌다. 그러나 그녀는 그때 이미 알고 있었다. 나는 아무런 반박도 할 수 없었다.

개가 다시 공책을 집어 들어 뭔가 바쁘게 휘갈겨 썼다. 한참 동안 뭔가 써넣고, 적은 것을 다시 읽어보고, 그리고 뭔가 더 덧붙여 써넣었다. 한동안 그렇게 혼자서 일하다가 개가 마침내 고개를 들고 내게 말했다.

"좋습니다. 조모님을 회복시키고 싶으면, 조모님께서 최근에 만드신 부적을 모두 모아다가, 조모님께서 자주 사용하시는 물건을 사용해서, 같은 방법으로 부적의 목을 박으세요. 반드시 동틀 무렵에, 모두 모아서 한데 겹쳐놓고 박아야 합니다."

"예?"

내가 되물었다.

"지금 여기서 회복시켜 드리는 게 아니었어요?"

개는 다시 웃었다.

"그렇게 쉬울 줄 알았습니까? 나는 상담 전문이에요. 문제가 있으면 해결 방법을 알려줄 뿐이지, 내가 나서서 해결해 주지는 않습니다. 그건 계약 위반이거든요."

"하지만 그런 애매모호한 말을……. 부적의 목을 박으라니, 그게 무슨 뜻이에요? 정확히 뭘 박으라는 거예요?"

개는 호호, 소리 내어 웃었다. 그 웃음소리를 듣고 나는 여태까지 수컷이라고 생각했는데 암캐였던 걸까, 문득 궁금해졌다.

"해보면 알게 될 겁니다."

개가 말했다. 그리고 내게 공책을 내밀었다.

"자, 이제 상담을 마칠 때가 됐으니, 여기 서명하셔야죠?"

"잠깐만요."

공책을 받아 들기 전에 내가 다시 물었다.

"할머니가 최근에 만든 부적을 '모두' 모으라고 했는데, 전 한 장밖에 못 봤어요. 그리고 그 한 장은 오래전에 육교 위에서 던져버렸단 말입니다. 그걸 어딜 가서 찾아요?"

"그런 건 당신이 알아서 하셔야죠."

개가 귀찮다는 투로 대답했다.

"아까도 말했지만, 나는 상담 전문이지 해결사가 아니에요. 실제로 나서서 행동하는 건 모두 당신의 몫입니다. 아시겠어요? 서명하세요."

나는 배짱을 부려보기로 했다.

"난 서명 못 해요. 실행 가능한 해결책을 알려줘야지, 그런 헛소리를 늘어놓고 뭔지도 알 수 없는 대가를 치르라는데 그 말을 어떻게 믿어요? 이번 상담은 무효예요."

개는 나를 가만히 쳐다보았다. 양쪽 입 끝이 말려 올라가면서 아까의 그 크고 빛나는 송곳니가 드러났다. 한순간, 나는 개가 내게 덤벼들어 물어뜯을 것이라고 생각했다.

개는 그렇게 송곳니를 드러낸 채로 한동안 나를 쳐다보았다. 점차 윗입술이 내려와서 송곳니를 가렸다. 개는 한숨을 쉬었다.

"인간들이란."

그리고 개는 공책을 펼쳐 서둘러 책장을 넘기기 시작했다.

"여기도 아니고……. 이것도 아니고……. 어디더라……. 아, 그렇지."

개는 펼친 책장을 내게 내밀었다. 그곳에는 분명히 내 서명과 함께 지장까지 찍혀 있었다. 개는 내 경악한 표정을 보고 고개를 절레절레 저었다.

"당신 말 한마디로 상담이 무효가 될 거라고 쉽게 생각하면 오산이죠. 날 소환하는 순간 계약이 성립한다는 걸 몰랐나 보군요?"

"그런 게……. 난 서명한 적 없는데……."

"입 닥쳐!"

갑자기 개가 포효했다. 나는 겁에 질려 몸을 움츠렸다.

"오만한 인간의 자식, 네놈 머릿속의 얄팍한 궁리가 지혜라고 믿었나!"

뭐라고 대답하기도 전에 나는 복부에 굉장한 충격을 느꼈다. 나는 앉아 있던 소파와 함께 뒤로 넘어지면서 배를 끌어안고 나뒹굴었다…….

부적의 행방 1

✦

……눈을 떠보니 그곳은 할머니 댁의 안방이었다. 나는 뒤집힌 음식상 옆에서 뒹굴고 있었다. 명치에 날카로운 통증이 느껴졌다. 상 위로 쓰러지면서 모서리에 찍힌 것 같았다.

나는 명치를 부여잡고 힘겹게 몸을 일으켰다. 방 안을 둘러보았다. 상에 차려놓았던 그릇들이 할머니가 언제나 깔아놓으시는 보료 위에 흩어져 뒹굴었고, 술을 담았던 주전자는 술잔과 함께 방구석에 처박혀 있었다. 그러나 그릇에 담겨 있던 떡, 과일, 전 등의 음식과, 술잔과 주전자 속에 있던 술은 모두 핥은 듯이 깨끗이 사라지고 없었다.

나는 화가 났다. 욕심 많은 검정 개새끼가 할머니께 드리려던 음식을 전부 먹어버렸다. 게다가 실컷 먹고도 시치미를 뚝 떼고 또 대가를 요구한 것이다.

그러나 화를 내고 있을 때가 아니었다. 나는 전화기를 꺼내 번호를 눌렀다. 아무도 받지 않았다. 나는 다시 번호를 눌렀다. 한참 만에 누나가 졸린 목소리로 대답했다.

"여보세요……."

"누나, 부적 어디 있어?"

"무슨 소리야……. 지금 도대체 몇 시야……."

"부적 말이야, 할머니가 만드신 거! 그거 어디 있냐고!"

"오밤중에 전화해서 웬 부적 타령이야?"

누나의 목소리에서 점차 졸음이 가셨다.

"그 여자가 또 뭐라고 그랬어? 부적 찾아내래?"

"그런 거 아냐! 시간 없으니까 빨리 말해! 부적 어디 있어?"

"알아도 너한텐 안 가르쳐줘!"

그리고 누나는 전화를 끊어버렸다.

나는 다시 전화했다. 전화기는 꺼져 있었다. 나는 누나의 집 전화번호를 눌렀다.

또다시 한참 동안 신호가 울린 후 누군가 전화를 받았다.

"여보세요……."

자형의 목소리에도 졸음이 잔뜩 끼어 있었다.

"여보세요? 저 기준인데요, 죄송한데 누나 좀 바꿔주세요."

"어, 처남? 무슨 일이야, 이 시간에……?"

뒤에서 누나 목소리가 들렸다.

"그 자식 전화 받지 마. 끊어버려."

내가 다급하게 소리쳤다.

"형, 누나 좀 바꿔주세요. 할머니 일이에요. 급해요."

자형이 누나에게 말하는 소리가 들렸다.

"여보, 할머님 일이라는데? 급하대."

누나가 날카롭게 쏘아붙였다.

"헛소리하지 말라고 그래. 제까짓 게 언제부터 할머니 걱정을 했다고? 끊어."

"그래도 좀 받아봐. 혹시 모르잖아."

누나가 마지못해 수화기를 넘겨받았다. 누나의 목소리는 분노에 차 있었다.

"너, 이제는 댈 핑계가 없어서 그 여자 만나려고 할머니 핑계를 대니? 아무리 경우가 없어도 지금 이게 뭐 하는 짓이야?"

내가 말을 끊었다.

"누나, 그런 거 아냐. 할머니가 만드신 부적을 다 모아서 목을 박으면 할머니를 살릴 수 있대. 그러니까 빨리 말해봐. 할머니가 부적 몇 개나 만드셨어? 그거 다 어디 있어?"

누나는 잠시 말이 없었다. 내가 불안하게 재촉했다.

"여보세요? 누나? 듣고 있어?"

"……너 그거 어디서 들었어?"

자칭 저승사자라고 하는 검은 개에게서 들었다고는 말할 수 없었다.

"……이런 거 잘 아는 사람한테서 들었어. 진짜야."

"그게 누군데?"

나는 곤란해졌다.

"……그건 말 못 하지만, 하여간 믿어봐. 응? 누나."

"그 여자가 시켰어? 똑바로 대답해."

"그런 거 아냐. 정말로 할머니를 위해서야. 나 좀 믿어줘. 나 그렇게까지 한심한 놈 아냐."

누나는 잠시 생각했다. 그리고 말했다.

"너 지금 어디니?"

"할머니 댁."

"거긴 왜 갔어?"

"……어쩌다 보니까 그렇게 됐어. 왜?"

"네 자취방에 가 있어. 나도 거기로 갈게."

누나는 나의 옷장을 뒤졌다. 셔츠를 하나하나 꺼내는 것을 보고 나는 기가 질렸다.

"도대체 부적이 몇 개야? 그걸 다 어디다 넣은 기야?"

"옷에 넣은 건 두 개밖에 없어."

남방과 와이셔츠의 목깃을 하나씩 만져보며 누나가 말했다. 그리고 내가 가장 자주 입는 셔츠 두 개를 골라냈다.

"옷에 넣은 거? 그럼 다른 데 넣은 것도 있어?"

"가방, 신발, 지갑."

"전부 해서 몇 개나 되는데?"

"다섯 개."

가방 안쪽과 신발 밑창에 깔린 부적은 쉽게 찾아낼 수 있었다. 셔츠는 목깃을 뜯어야 했다. 누나가 내 문구용 가

위와 칼로 목깃을 거칠게 잡아 뜯는 것을 보고 내가 항의했다.

"그걸 그렇게 풀어 헤쳐놓으면 어떻게 입어? 아끼는 옷인데……."

"도로 박아줄 테니까 걱정하지 마."

나는 문득 생각나는 것이 있었다.

"뭘 박는데?"

"뭘 박긴, 목깃이지."

내 표정을 보고 누나가 부적을 꺼내며 타박했다.

"박음질이 뭔지도 모르면 너무 심한 거 아냐? 하여간 쓸모없는 건 알아줘야 돼."

"그게 부적을 전부 모아서, 목을 박으라고 했어."

누나가 나를 쳐다보았다.

"누가? '그거'는 또 뭐야?"

"……그런 거 있어."

누나는 부적 넉 장과, 목깃이 뜯어진 내 셔츠 두 벌을 한참 동안 말없이 내려다보았다. 그리고 말했다.

"어떻게 된 건지 얘기해 봐."

"……뭘?"

"네가 말한 그 사람이 누구고, 어떻게 만났고, 그 사람이 정확히 뭘 어떻게 하라고 했는지, 사정을 다 얘기해 보라고."

나는 망설였다. 누나가 차갑게 선언했다.

"말 안 하면 난 너 못 믿는다. 여자한테 홀려가지고 한 달이나 어디 처박혀서 연락도 안 되고, 할머니가 쓰러지셨다는데 전화도 안 받고 맘 편하게 자취방에 누워서 잠이나 자고 있었던 자식 말을 어떻게 믿어?"

"……그러니까 이번엔 제대로 해보려는 거야. 정말이야."

누나의 표정이 조금 누그러졌다.

"알아야 뭘 도와줘도 도와줄 거 아냐."

그래서 나는 털어놓았다.

"……그게 검은 개였단 말이지?"

내 이야기를 다 듣고 나서 누나가 물었다.

"응."

나는 누나의 표정을 살폈다. 누나는 뭔가 생각하고 있었다.

"자기가 저승사자라고 했다고?"

"응."

"그래서, 너한테서 뭘 가져가겠대?"

"나도 몰라."

"남의 음식 다 집어 먹고 뭘 더 바라냐고 그러지 그랬어?"

"생각이 안 났어. 꿈속이라 가물가물해서……."

누나가 고개를 끄덕였다. 그리고 다시 물었다.

"그런데 그렇게 음식 차려놓고 하룻밤 지내라는 얘기는 누구한테 들었어?"

나는 망설이다가 말했다.

"할머니 처음 중환자실 들어가셨을 때, 옆 침대에 누워 있던 사람 기억나? 내 나이 정도 되는 젊은 남잔데, 교통사고로 들어왔던 사람."

누나는 고개를 갸웃했다.

"……모르겠는데."

"그 사람 어머니가 매일 찾아와서 '용관아, 용관아' 하고 하도 불러대서 나중엔 이름도 다 알게 됐잖아. 기억 안 나? 양쪽 눈에 이렇게 시꺼멓게 멍 든 남자."

"아, 그 사람."

누나가 고개를 끄덕였다.

"눈에 멍 들었다니까 생각난다. 그 사람이 왜?"

"얼마 전에 할머니 문병 갔다가 병원에서 마주쳤어. 처음에는 얼굴이 너무 멀쩡해져서 못 알아봤는데, 그쪽에서 먼저 아는 척을 하더라고."

"……아는 척을 해?"

"응."

"그 사람, 네가 갔을 땐 계속 의식불명 아니었어? 널 어떻게 알아?"

"……"

그 점은 전혀 깨닫지 못했다. 나는 할 말을 잃었다.

"……그렇지만 분명히 그 남자였는데."

내가 한참 만에 간신히 말했다.

누나는 잠시 가만히 생각했다. 그리고 조용히 고개를 끄덕여 보였다.

"됐어. 지금 그 남자가 중요한 게 아니잖아. 어쨌든, 잘했어."

그러나 한번 남자에 대해 의심이 들자 모든 것이 의심스러워졌다. 불안한 내 표정을 보고 누나가 말을 돌렸다.

"다섯 번째 부적은 어쨌어?"

"……그걸 모르니까 누나한테 전화했지."

"네 지갑 속에 없어?"

나는 지갑을 꺼냈다. 내용물을 모두 쏟아내어 누나와 함께 하나하나 살펴보았다.

"……없네."

누나가 한숨을 쉬었다.

"어디다 갖다 버렸어?"

"몰라."

"잘 생각해 봐."

나는 생각했다.

"……모르겠어. 전혀 기억 안 나."

나는 누나에게 단단히 야단을 맞으리라고 예상했다. 그러나 뜻밖에도 누나는 아무 말도 하지 않았다.

"……누나?"

"……"

"이제 어떡하지?"

"……가만있어 봐. 생각 좀 하게."

손에 든 부적을 가만히 들여다보다가 누나가 말했다.

"지금 몇 시지?"

나는 시계를 보았다. 3시 33분.

어딘지 이상한 숫자다.

"……3시 반."

"오밤중인데 병원에서 들여보내 줄까?"

"병원은 왜?"

누나가 고개를 들고 나를 쳐다보았다.

"할머니한테 가야 돼."

나는 멍하니 누나의 얼굴을 쳐다보았다. 누나가 단호하게 말했다.

"마지막 부적은 할머니한테 있어."

부적의 행방 2

✦

　누나는 과속으로 차를 달려 병원에 도착하자마자 입구 가장 가까운 곳에 아무렇게나 주차했다. 여긴 장애인용 같은데, 라고 말하고 싶었으나 누나는 벌써 시동을 끄고 차에서 내려 성큼성큼 걸어가고 있었다. 나도 서둘러 누나를 따라갔다.

　새벽의 병원은 이상해 보였다. 로비도, 접수대도, 약국도, 보이는 곳은 모두 텅 비어 있었다. 이런 모습은 본 적이 없었다. 출입문 옆 '청원경찰석'이라는 표지가 붙은 자리에는 분명히 경찰이 아닌, 평범한 점퍼 차림의 중년 남자가 혼자 앉아서 졸고 있었다. 남자 앞을 살금살금 소리 내지 않고 지나가면서, 문득 오래전, 어딘가 아주 위험한 장소에서 사람들이 모두 졸고 있었던 모습이 떠올랐다. 그러나 그곳이 어디였는지, 그 사람들이 누구였는지는 기억나지 않았다.

할머니의 병실이 있는 5층에서 엘리베이터를 내리자 기묘한 인상은 더욱 강해졌다. 입원실로 가려면 너스 스테이션 앞을 지나야만 했다. 너스 스테이션에는 간호사 두 명이 앉아 있었는데, 한 명은 엎드린 채로, 한 명은 의자에 기대앉아 머리를 한껏 뒤로 젖힌 채로, 둘 다 정신없이 자고 있었다.

누나가 '590'이라는 숫자 옆의 병실 문을 살그머니 밀어 열었다. 그리고 병실의 다른 환자들과 보호자들을 깨우지 않기 위해 살금살금 할머니에게 다가갔다. 나도 뒤를 따랐다.

할머니는 여전히 미동도 없이 잠든 것처럼 곱게 누워 계셨다. 조금이라도 건드리면 곧 예전처럼 잠에서 깨어나 '기준이냐?' 하고 부르실 것만 같았다.

누나는 할머니의 침대를 여기저기 더듬기 시작했다. 담요와 매트리스, 그리고 베개까지 샅샅이 손으로 눌러보았다. 나는 무심결에 말했다.

"누나, 뭐 해? 할머니 깨시면 어쩌려고……."

"깨시면 좋지."

누나가 속삭이는 소리로 대답하며 계속 더듬었다. 매트리스 한구석을 몇 번 계속해서 눌러보았다. 그리고 주머니에서 손톱 줄을 꺼내 매트리스 귀퉁이를 찢기 시작했다.

"누나, 그거 망가뜨리면……."

그러나 누나는, 표정과 눈짓으로 조용히 하라고 눈치를 주면서, 매트리스의 찢긴 부분에 손가락을 넣어 헤집기 시작했다.

잠시 후 누나의 손가락 사이에 작게 접힌 흰 천 조각이 집혀 나왔다. 누나가 천 조각을 펼쳤다. 손바닥 정도 크기의 흰 장방형 천 조각에는 얼굴이 길고 주둥이가 뾰족하고, 다리도 길고 허리가 잘록한, 날렵하게 생긴 검은 사냥개가 수놓여 있었다.

"이거다."

……그 순간 할머니가 오른팔을 공중에 쳐들고 휘두르기 시작했다. 그와 함께 심박 모니터기에서 찢어지는 경보음이 울렸다.

"아아아아아아……!"

할머니가 남은 생명력을 모두 모아 구원을 요청하는 비명을 질렀다. 비명은 끝도 없이 영원히 이어졌다. 동시에 병실의 다른 환자 다섯 명도 모두 비명을 지르기 시작했다. 졸고 있던 환자 보호자들이 벌떡 일어났다. 너스 스테이션에서 잠들어 있던 간호사 한 명이 달려왔다. 환자들이 침대에서 튀어나와 간호사에게 덤벼들었다. 환자복을 입은 아주머니가 누나에게 덤벼들었다. 아주머니의 얼굴이 어딘지 기묘하게 낯익다고 생각했지만, 오래 생각할 틈이 없었다. 그 얼굴을 보고 나는 '눈을 까뒤집는다'는 표현이 어디에서 나왔는지 알 수 있었다. 누나에게 달려드는 아주머니는 핏기 가신 창백한 얼굴에 눈에는 흰자밖에 없었다…….

누나가 아주머니를 뿌리치려 애쓰며 나를 향해 부적

을 휘둘렀다.

"이거 가져가!"

나는 부적을 받아 드는 한편 누나에게 달려든 아주머니를 떼어내려 애썼다. 간호사가 매달리는 환자들을 뿌리치고 나를 향해 달려왔다. 환자들이 간호사를 쫓아왔다.

"빨리 가!"

아주머니와 몸싸움을 하면서 누나가 소리쳤다. 간호사가 아주머니에게 덤벼들었다. 다른 환자들이 간호사에게 덤벼들었다.

"할머니 댁으로 가! 빨리!"

"누나……."

간호사와 아주머니와 다른 환자들 밑에 겹겹이 깔려서 누나는 간신히 한 손으로 목을 치는 시늉을 해 보였다.

"알지? 빨리 가!"

나는 병원의 좀비들에게 붙잡힌 누나를 내버려 둔 채혼자 부적을 들고 도망쳐 나왔다.

탈출

✦

주차장으로 나와서 나는 두 가지 문제가 있음을 깨달았다. 첫 번째 문제는, 자동차의 열쇠가 누나에게 있다는 사실이었다. 두 번째 문제는, 열쇠가 있어도 소용이 없다는 사실이었다. 나는 운전면허가 없었다.

조수석 창문을 통해 차 안을 망연자실 바라보면서, 나는 택시라도 타고 어찌 됐든 전속력으로 할머니 댁으로 돌아가야겠다고 생각했다. 그러나 그 순간, 조수석 창문을 통해 휴대전화와 함께 차 안에 두고 내린 지갑이 눈에 띄었다.

스스로에게 욕설을 퍼부으며 나는 다시 병원으로 들어갔다. 출입문 옆 청원경찰석의 중년 남자는 5층 병실에서의 대소동에는 전혀 개의치 않고 아까대로 평온하게 자고 있었다.

나는 남자에게 다가가 얼굴을 들여다보았다. 코에 뭔

가 분홍색의 끈끈한 물질이 잔뜩 묻어 있었다. 어딘가 굉장히 낯익은 얼굴이었지만, 어디서 봤는지는 기억이 나지 않았다.

어쨌든 저 병실로 돌아가려면 원군이 필요하다. 나는 남자의 어깨를 흔들었다.

"아저씨."

남자는 깨지 않았다. 나는 좀 더 세게 흔들었다.

"저기요. 아저씨. 눈 좀 떠보세요."

남자는 의자에서 균형을 잃고 떨어져 바닥에 쿵, 소리를 내며 쓰러졌다. 나는 기겁을 해서 쓰러진 남자 위로 몸을 숙였다. 바닥에 쓰러져서도 남자는 여전히 창백한 얼굴에 미동도 없이 평화롭게 자고 있었다.

희망이 없다고 결론을 내리고 나는 남자를 포기한 채 엘리베이터로 뛰어가서 버튼을 눌렀다. 엘리베이터는 내려오지 않았다. 나는 전광판을 올려다보았다. 엘리베이터는 5층에 멈춰 있었다.

나는 주위를 둘러보았다. 엘리베이터 옆 복도 끝에 비상계단 표지가 보였다. 나는 그쪽으로 뛰어갔다.

실제로는 4층인 5층까지 뛰어 올라가는 데 그다지 시간이 많이 걸리지는 않았다. 비상계단 문을 열고 복도로 나왔을 때 가장 먼저 눈에 띈 것은 피투성이의 어떤 여자와, 몸부림을 치며, 비명을 지르며 침대에 누운 채 실려 가는 다른 한 사람의 모습이었다.

"누나!"

달려가려는 순간, 피투성이의 여자와 침대에 실린 사람은 엘리베이터 안으로 빨려 들듯 순식간에 사라져 버렸다.

나는 닫힌 엘리베이터 문을 두들기며 공포에 질려 소리쳤다.

"누나! 누나!"

"나 여기 있어."

누군가 뒤에서 어깨를 잡았다. 나는 기겁을 했다.

"으악!"

깜짝 놀라며 뒤를 돌아보다 나는 균형을 잃고 넘어져서 엘리베이터 문에 뒤통수를 찧었다.

"너 괜찮아?"

"누나……?"

머리가 산발이 되고, 옷이 군데군데 잡아 찢겼지만, 틀림없는 누나였다. 얼굴과 상반신에 여기저기 피가 묻어 있었다.

"누나, 피……."

"괜찮아. 내 피 아냐."

나는 누나의 얼굴과 팔을 더듬으며 핏자국이 난 곳을 중심으로 정말 상처가 없는지 확인했다. 누나가 웃었다.

"아까 그 아줌마가 간호사를 물었어. 난 괜찮아."

"할머니는?"

"괜찮으실 거래. 당직 간호사가 왔어."

"보고 온다."

누나도 막지 않았다.

나는 병실로 들어갔다. 아까의 난장판은 흔적도 없었고, 할머니를 포함한 환자들은 모두 조용히 잠들어 있었다.

할머니 침대 옆에 서 있던 젊은 간호사가 돌아보았다. 키가 작고 눈이 컸다. 등 뒤에서 하나로 묶은, 길고 숱 많은 갈색 머리칼이 돌아보는 서슬에 찰랑찰랑 흔들렸다.

"누구세요?"

"아, 저, 여기 이 환자분 손자인데요……. 아무 일 없나 해서……."

간호사가 불안한 표정을 지었다.

"지금 몇 시인지 아세요? 환자분들 주무시니까, 보호자 아니면 나가주세요."

"저기, 아까 여기서 큰 소리 나고 누가 실려 나가시던데……."

간호사의 불안한 큰 눈이 더욱 불안해졌다.

"그런 거 몰라요. 환자 보호자분 아니면 이따가 면회 시간에 다시 오세요."

"이 환자분, 아무 일 없는 거죠?"

"아까부터 지켜보고 있는데 별일 없어요. 이제 나가세요. 아침에 다시 오세요."

나는 고분고분 사과하고 병실을 나왔다.

병실을 나오는 내게 누나가 조심스럽게 물었다.

"괜찮으시지?"

"응."

누나가 이번에는 심각한 표정으로 다시 물었다.

"부적은?"

나는 주머니에서 부적을 꺼내 흔들어 보였다.

"할머니 댁으로 가라니까, 왜 안 갔어?"

"차 열쇠, 누나가 가지고 있잖아."

"택시라도 타지?"

"차에 지갑을 두고 내렸어."

"너 정말 아무짝에도 쓸모없다."

이런 대화를 주고받으며 우리는 엘리베이터를 타고 1층으로 내려왔다. 출입문 옆 청원경찰석의 남자는 여전히 바닥에 누운 채로 자고 있었다. 누나와 나는 차에 올라탔다. 누나가 시동을 걸었다.

병원을 빠져나오면서 나는 시간을 확인했다. 차 안의 시계가 가리킨 시각은 4시 44분이었다.

의식(儀式)

✦

할머니 댁에 도착해서 누나는 말했다.

"안방에 들어가서 할머니 반짇고리부터 찾아봐. 난 피 좀 닦을게."

누나가 화장실에 간 사이 나는 안방으로 갔다. 할머니가 반짇고리를 어디에 두는지 내가 알 리 없었다. 망연자실 서서 여기저기 둘러보기만 하다가 나는 문득 방 한구석의 나지막한 탁자에 눈길이 갔다.

저거다. 반짇고리보다 훨씬 낫다.

나는 탁자 위에 놓인 소형 텔레비전과 책, 기타 잡동사니를 모두 들어내고 탁자를 덮은 흰 보를 벗겼다. 내가 생각한 대로, 탁자 중앙에는 네모지게 홈이 파여 있었다. 나는 홈이 파인 부분을 뒤집었다. 탁자 밑에 숨어 있던 재봉틀이 모습을 드러냈다.

할머니가 종종 재봉틀을 사용하시던 것을 나는 기억

하고 있었다. 어렸을 때 부모님이 맞벌이를 하셨고, 그래서 누나와 나는 어린 시절의 대부분을 할머니와 함께 보냈다. 할머니는 가끔 재봉틀로 누나와 나의 옷을 만들거나, 집 안의 옷가지를 수선하셨다. 아주 어렸을 때는 매번 옆에 앉아서 구경을 했고, 그보다 조금 더 자라서는 할머니가 탁자 위의 물건들을 치우고 재봉틀을 꺼내는 것을 도와드리기도 했다.

어린 나에게 할머니의 재봉틀은 마법의 기계였다. 탁자 밑에서 마술처럼 나타나는 것도 마냥 신기했고, 바늘이 재빨리 움직이며 '드르륵' 소리를 내는 모습에 나는 매료되곤 했다. 그러나 할머니는 절대로 내가 재봉틀에 손대는 것을 허락하지 않으셨다. '남자아이가 이런 걸 만지면 안 된다'는 것이 이유였다.

시계를 보았다. 5시 12분. 이제 곧 동이 틀 때가 되었다.

나는 주머니 속의 마지막 부적을 꺼내 자취방에서 가지고 온 나머지 부적들과 한데 겹쳐 모았다. 천의 크기는 일률적으로 똑같아서 잘 추리자 다섯 장의 천을 마치 한 장처럼 가지런히 모을 수 있었다. 나는 가지런히 겹친 다섯 장의 부적을 재봉틀 밑에 가져다 댔다.

……작동법을 알 수 없다.

내 기억 속에서 할머니는 별다른 조작을 하지 않고도 쉽게 재봉틀을 사용하셨다. '노루발'이라고 하던가, 중앙에 바늘이 박힌 니은(ㄴ) 자 모양 부품 아래 천을 가져다 대면 재봉틀이 알아서 드르륵, 박아주었다. 할머니는 사용 전에 알맞은 재봉 바늘과 실을 골라 장착했고, 재봉틀이 돌아가기 시작하면 천을 단단히 잡고 적당한 방향으로 밀어주기만 하면 끝이었다.

그러나 지금 내 눈앞의 재봉틀은 노루발 밑에 부적을 가져다 댔건만 꼼짝도 하지 않았다.

혹시 전원 스위치나 코드 같은 것이 있나 하고 나는 주위를 여기저기 살펴보았다. 그런 것은 보이지 않았다. 오래돼서 고장이 났을 수도 있다고 나는 암울한 심정으로 생각했다. 실이 없거나 바늘이 잘못된 것일 수도 있었다. 이곳저곳 서투르게 만지작거리다가 내 손이 바늘을 건드렸다.

─끼기기기…….

내 손가락이 닿자마자 재봉 바늘은 기괴한 소리를 내면서 한쪽으로 휘어져 버렸다.

"뭐 하니?"

누나가 안방으로 들어왔다.

"반짇고리를 못 찾아서…….”

"그래서? 재봉틀? 그거 함부로 만지면 안 되는데…….”

누나가 가까이 다가와서 재봉틀을 들여다보았다. 휘어진 바늘을 보고 누나는 한숨을 푹 쉬었다.

"내 이럴 줄 알았다. 이거 네가 만졌지?"

"나 아무 짓도 안 했어…….”

"네가 만졌으니까 이렇게 됐잖아.”

"그냥 손가락만 댔는데…….”

다 큰 남자가 고작 한 살 위의 누나에게 재봉틀을 망가뜨렸다고 야단을 맞고 울고 싶은 심정이 되어버린 것이 한편으로는 우습다는 생각도 들었지만, 지금 이 상황에서 웃을 수도 없는 노릇이었다.

"저리 비켜."

누나가 재봉틀 앞에 앉았다. 능숙하게 조임 나사를 풀어 바늘을 꺼낸 후 손가락으로 이리저리 만졌다. 누나의 손이 닿자 바늘은 쉽게 펴졌다. 누나는 바늘을 제자리에 끼우고 밀어 올린 후 조임 나사를 꽉 죄었다. 그리고 바늘이 바늘판의 제자리에 맞게 내려앉는지 확인했다.

나는 감탄했다.

"그런 건 언제 배웠어?"

"어렸을 때 할머니한테 배웠지. 이리 와서 재봉틀 도로 집어넣는 거 도와줘."

"재봉틀 안 써?"

"부적 만든 방법 그대로 박아야 된다며. 이런 가정용 재봉틀로 수놓는 사람이 어디 있어."

누나가 재봉틀을 다시 뒤집어 탁자 아래 넣었다. 나는 탁자에 원래대로 흰 보를 씌웠다.

"나도 배우고 싶었는데. 할머니가 남자는 재봉틀 만지면 안 된다고 그러시더라."

내가 소형 텔레비전을 탁자 위의 제자리에 내려놓으며 말했다.

"할머니가 가끔 보면 굉장히 고루하셔. 안 그래?"

"고루하신 게 아냐."

책과 잡동사니를 탁자 위에 가지런히 얹어놓으며 누나가 말했다.

"그 재봉틀은 음기(陰氣)로 가는 재봉틀이야. 양기가 닿으면 바늘이 녹는단 말이야."

그리고 누나는 바로 탁자에 달린 서랍을 열어 할머니의 반진고리를 꺼냈다.

나는 반진고리에서 바늘을 꺼내 빨간 실을 골라 꿰는 누나를 쳐다보았다.

"……누나는 그런 걸 어떻게 알아?"

"똑같은 할머니 핏줄인데, 모르는 네가 더 이상하지."

누나가 손을 내밀었다.

"부적 이리 줘."

누나는 부적을 받아 무릎에 놓고 앉아서 크게 숨을 들이쉬었다.

"지금 몇 시야?"

나는 시계를 보았다.

"5시 25분."

"해 뜨니?"

나는 일어나서 창문을 열었다. 동쪽이 부옇게 밝아오는 것이 보였다.

나는 누나에게 고개를 끄덕였다. 누나도 고개를 끄덕였다.

누나는 부적의 흰 천에 빨간 실로 첫 땀을 떴다. 능숙한 솜씨로 손을 놀릴 때마다 한 땀씩, 실이 검은 사냥개의 목을 가로질러 빨간 줄을 그었다.

박음질은 금세 끝났다.

누나가 매듭을 짓고 남은 실을 커다란 재봉 가위로 잘라냈다. 그리고 나를 쳐다보았다.

"이제 어쩌지?"

"나도 몰라."

나는 창밖을 바라보았다. 새벽녘의 쪽빛 하늘을 붉게 물들이며 황금 풍선처럼 해가 떠오르는 것이 보였다.

"기다려야 되나?"

누나가 후우, 하고 크게 숨을 내쉬었다. 그것이 안도의 한숨인지, 아니면 무거운 마음의 표현인지는 알 수 없었다.

중환자실 남자의 정체

✦

막연히 앉아서 기다리다가 누나와 나는 선잠이 들었
다. 주위가 너무 밝아서 흠칫 놀라 깨어났을 때 해는 이미
중천에 떠 있었고, 누나는 사라지고 없었다. 휴대전화에
'출근한다. 할머니 상태 보고 연락해'라는 누나의 문자메
시지가 남아 있었다.

나는 병원으로 향했다. 가는 도중에라도 병원으로부
터, 혹은 부모님이나 고모로부터 할머니에 대한 좋은 소
식이 날아들기를 나는 기대하고 있었다.

그러나 아무 소식도 없었다.

병원에 도착해서 병실로 들어갔다. 고모가 나를 맞이
했다.

"왔니?"

"예. 할머니 어떠세요?"

"글쎄, 그냥 그러시네."

"차도가 없어요?"

고모는 대답 대신 한숨을 내쉬며 화초처럼 곱게 누워 계시는 할머니를 바라보았다.

일주일 동안 나는 매일같이 할머니를 살피러 다녔다. 일주일이 지나도록 할머니의 상태에는 아무런 변화가 없었다. 누나와 나는 더 이상 기다릴 수 없다는 결론을 내렸다. 뭔가 조치를 취해야 했다. 단지 그 조치가 어떤 조치인지는 정확히 알 수 없었다.

"그 남자, 그 뒤로는 본 적 없어?"

누나가 물었다. 나는 불안하게 고개를 저었다.

"혹시 다시 보면, 그 꿈 얘기 좀 자세하게 물어봐라."

"물어본다고 뭐가 나오겠어? 그냥 꿈 얘기인데."

"그래도, 혹시 모르잖아. 연락처 안 받아놨어?"

나는 다시 고개를 저었다.

병원 접수처에 물어보았으나, 그런 환자는 없다는 대답을 들었다. 인상착의를 묘사했으나 여전히 모르겠다는 답변이었다.

남자가 점점 더 의심스러워졌다. 그리고 나는 점점 더 두려워졌다. 확인해야만 했다. 내가 속은 건 아닌지, 남자가 할머니께, 우리 가족에게 해코지를 하려는 건 아닌지, 확실히 해두어야만 했다.

나는 할머니가 수술을 받으셨던 병원으로 갔다. 원무과에 문의했다. 가족이 아니면 환자의 신상 정보를 함부로 알려줄 수 없다는 답변을 들었다.

나는 면회 시간을 기다려 중환자실로 올라갔다. 할머니가 워낙 오래 계셨기 때문에, 면회하러 드나들면서 중환자실 간호사들과도 조금은 안면을 터놓았다. 그중 아무나 붙잡고 물어볼 생각이었다.

평일 낮이라 면회 시간인데도 중환자실은 의외로 한산했다. 나는 몇 개 없는 면회 가운 중 하나를 걸쳐 입고 약간 죄의식을 느끼며 중환자실을 배회했다. 이곳은 침대 하나마다 소리 없는 사투가 벌어지는 격전장이었다. 나처럼 직접적인 용건이 없는 사람이 아무렇게나 들어와서 돌아다녀도 되는 곳이 아니었다.

"환자분 면회 오셨어요? 어느 분 찾으세요?"

나는 뒤를 돌아보았다. 처음 보는 젊은 간호사였다. 자그마한 키에 날씬했고, 얼굴이 희고 눈이 컸다.

"아, 저, 뭣 좀 여쭤보려고……."

"예."

간호사가 진지한 표정으로 나를 쳐다보았다. 커다란 갈색 눈과 마주치는 순간, 찰나의 아주 짧은 시간이었지만 나는 아찔해졌다. 그 한순간, 세상이 호흡을 멈추고, 우주가 순환을 멈추고, 중환자실과 할머니까지 포함한 주위의 모든 것이 증발하고, 눈앞에 그녀의 커다란 갈색 눈만이 존재하는, 그런 느낌이었다.

"말씀하세요."

나는 눈을 깜빡였다. 정신을 차려야 했다.

"한 달 전쯤에 여기 입원했던 환자를 찾는데요. 김용

관 씨라고, 교통사고 환자셨어요."

간호사가 조금 당혹스러운 표정을 지었다.

"한 달 전요? 그럼 벌써 퇴원하셨을 텐데……."

"예, 퇴원하신 건 아는데, 혹시 연락처 좀 알 수 있을까 해서요."

"가족이세요? 가족이 아니면 병원 방침상 개인 정보는 못 가르쳐드려요."

"그건 저도 알지만, 사정이 워낙 급해서요."

"어떤 사정인데요?"

그걸 사실대로 말할 수는 없었다.

"……저희 할머니 옆 침대에 누워 계셨는데, 저희 할머니가 말씀하시는 걸 들었대요."

나는 급하게 생각나는 대로 꾸며댔다.

"할머니가 지금 한 달 넘게 의식이 없으셔서, 병원비하고 보험 문제로 집안에 큰 싸움이 나게 생겼어요. 할머니가 정확히 뭐라고 말씀하셨는지 그분한테서 꼭 들어야되거든요."

간호사의 당혹한 얼굴에 미심쩍다는 표정이 더해졌다.

"정말이에요. 저희 가족한테는 굉장히 중요한 일이에요. 좀 도와주세요."

간호사는 대단히 의심스럽다는 표정으로 나를 한동안 관찰했다. 그리고 말했다.

"다른 가족분들 면회 가운 사용하셔야 하니까, 면회 오신 거 아니면 그거 벗고 나오세요."

나는 시키는 대로 면회용 가운을 벗고 중환자실을 나왔다.

"따라오세요."

나는 고분고분 그녀를 따라 너스 스테이션으로 갔다. 간호사의 뒤를 따라 걸으면서, 길고 숱 많은, 거의 허리까지 닿는 탐스러운 갈색 머리카락이 등 뒤에서 하나로 묶여 찰랑찰랑 흔들리는 데 눈길이 가지 않을 수 없었다. 형광등 아래에서 머리카락은 불그스름한 갈색으로 빛났고, 폭신폭신하고 따뜻해 보였다. 나는 한번 만져보고 싶은 충동을 애써 억눌렀다.

"제가 알려드린 거, 다른 사람들한테는 말하지 마세요."

"예. 절대로 말 안 할게요. 감사합니다."

"김용관 씨라고 하셨죠?"

"예……."

나는 기억나는 대로 남자의 입퇴원 날짜와 병명 등을 말했다.

그녀는 너스 스테이션으로 들어가서 컴퓨터 자판을 두들겼다. 나는 기다렸다.

화면을 보고 그녀는 몹시 당혹한 표정이 되었다. 자판을 다시 두들겼다. 그리고 어쩔 줄 모르며 나와 컴퓨터 화면을 번갈아 들여다보았다.

"왜 그러세요?"

"저기……."

그녀는 컴퓨터 화면을 다시 들여다보았다. 그리고 한

참 망설인 뒤에 말했다.

"김용관 씨, 사망하신 걸로 나오는데요……."

"예? 그럴 리가……."

"교통사고로 입원해서 수술받고, 중환자실로 옮겼다가 이틀 후에 사망하셨어요."

그녀가 말한 남자의 사망일은 한 달 남짓이나 지난 날짜였다.

"죄송합니다……."

그리고 그녀는 망연자실 서 있는 나를 남겨두고 총총히 너스 스테이션을 나와, 중환자실 쪽으로 사라져 버렸다.

소중한 것

✦

남자의 죽음을 전해 듣고도 누나는 그다지 놀라는 기색이 없었다.

"널 알아봤다고 할 때부터 그럴 것 같았어."

"그럼 이제 어쩌지?"

"……."

누나도 당장 딱히 뾰족한 대책을 내놓지는 못했다.

"……그 개를 한 번 더 만나볼까?"

"그따위 걸 어떻게 믿어?"

누나가 중얼거렸다. 그러나 아주 강력하게 반대하는 목소리는 아니었다. 내가 약하게 반박했다.

"그래도 지금 다른 방법이 없잖아?"

"……."

"누나는 무슨 대책 있어?"

누나가 대답 대신 곤란한 표정으로 한숨을 쉬었다.

내가 결정했다.

"오늘 밤에 해볼게."

누나는 여전히 조금 불안한 표정이었다.

"그렇게 네 맘대로 만날 수 있을까?"

그건 나도 알 수 없는 일이었다. 나는 일부러 덤덤하게 말했다.

"못 만나면 그만이지 뭐. 더 나빠질 게 뭐가 있어?"

누나가 다시 물었다.

"너 혼자 하게?"

"그럼 나 혼자 하지. 누나 또 밤새우고 출근하게? 자형 아침밥은 어떡하고?"

"그 사람, 자기 밥 정도는 자기가 챙겨 먹어."

"그래도, 누나는 누나 생활이 있잖아?"

누나는 조금 감동한 눈치였다.

"네가 그런 배려도 할 줄 알아? 고맙다."

그리고 조금 생각한 후 천천히 말했다.

"그 개가 하는 말, 다 믿으면 안 돼."

"나도 알아."

나는 지난번의 접촉을 상기하며 고개를 끄덕였다. 개의 말대로 따랐지만 할머니는 여전히 의식불명이었고, 그 대가로 내게서 가져갔다는 '소중한 것'이 무엇인지도 아직 파악조차 못 한 상태였다.

누나는 여전히 뭔가 두려운 모양이었다.

"절대로 아무도, 아무것도 믿지 마. 알았지?"

"알았어."

나는 다시 지난번처럼 음식과 술을 준비해서 할머니 댁의 안방에 차려놓았다. 지난번처럼 또 상 위로 엎어질 경우를 대비하여 이번에는 할머니의 베개를 배에 끌어안 았다. 그리고 상에서 가능한 한 멀리 떨어져서 재봉틀 탁 자에 등을 기대고 앉았다.

시간은 11시를 지나 자정을 향해 달렸다. 아무 일도 일어나지 않았다.

잠들어야 하는 게 아닐까, 라고 생각했지만, 잠도 오 지 않았다. 긴장해서인지 시간이 지날수록 오히려 정신이 맑아졌다.

나는 최근의 여러 가지 사건들을 두서없이 되짚기 시 작했다. 죽은 남자와의 만남, 저승의 개, 괴성을 지르며 날뛰던 할머니와 할머니 병실의 다른 환자들, 할머니의 부적. 이런 세계가 존재한다고는 믿지도 않았고 상상도 못 했는데, 이제는 어느샌가 일상이 되어가고 있었다. 도 대체 어쩌다가 이렇게 된 것일까?

나는 등을 기댄 재봉틀 탁자의 서랍을 내려다보았다. 할머니는 왜 그런 부적을 만드신 걸까? 부적은 할머니가 쓰러진 사건과 무슨 연관이 있을까? 그리고 부적의 사냥 개와 자칭 저승사자라는 사냥개는 또 어떤 연관이 있는 걸까? 아니, 이 모든 일들에 논리적인 연관성이라는 게 있 기는 있는 걸까?

나는 개가 대가로 받아 가겠다고 했던 '소중한 것'에 대해서 생각했다. 지금 내게 소중하다고 할 만한 것은 할머니밖에 없었다. 할머니가 깨어나시지 않는다는 현실 자체가 '소중한 것'을 빼앗겼다는 의미일 수도 있었다. 그러나 그것은 순환 논리였다. 뭔지도 모를 '소중한 것'은 할머니를 살리기 위한 대가가 아니었던가?

'소중한 것'의 정체를 규명하기 위해 궁리하면서 나는 할머니가 쓰러지시기 전까지 나의 삶을 자세히 들여다보았다. 물론 일상이란 누구에게나 소중하다. 그러나 그중에서 얼른 생각날 정도로 특별하게 '소중한 것'은 없었다.

나는 이제까지 그런 것을 일부러 피해서 살아왔다. 그 냥저냥 나쁘지 않은 대학의, 그냥저냥 팔리는 학과에 입학해서 졸업했다. 큰 야망도 없지만 크게 실패한 적도 없이, 나는 물 흐르듯 쉽게 살아왔다. 불타는 사랑을 해본 적도 없지만 그로 인해 돌이킬 수 없이 상처 입은 적도 없었고, 큰돈을 만져본 적도 없지만 또 그를 위해 나 자신이나 주변 사람들을 괴롭힌 적도 없었다. 과외 선생, 혹은 작은 보습 학원의 강사란 아주 안정적이거나 사회에서 엄청나게 인정받는 직업은 못 되었지만, 그렇다고 딱히 손가락질받아 본 적도 없었다. 그리고 무엇보다도, 몸담은 곳이 마음에 들지 않으면 쉽게 그만두고 다른 자리를 찾을 수 있다는 것이 최대의 장점이었다. 그런 자유가 내게는 다른 무엇보다도 중요했다. 어떤 일이 있어도 나의 일상은, 내 존재의 근본은 크게 타격을 받지 않았다. 오로지

무난하게, 평온하게 살아왔고, 또 앞으로도 계속 그렇게 살 수 있도록 나는 내 삶 주위에 철옹성을 쌓았다. 그것이 내게 소중하다면 가장 '소중한 것'이었다.

할머니가 쓰러지심으로 인해서 그런 평온무사의 철옹성은 드디어 타격을 입었다. 그것이 내가 치러야 할 대가라고 한다면 수긍할 수 있다고 나는 내 나름의 논리를 정립했다. 다만 앞으로, 내가 알지도 못하는 사이에, 뭔지도 모를 더 큰 대가를 치러야 하는 날이 오지 않기를 바랄 뿐이었다.

나는 시계를 보았다. 11시 58분. 곧 자정이 다가온다.

저승의 개를 다시 만날 수 있을까?

……라고 생각한 순간 나는 퍼뜩 고개를 들었다. 잠시 졸았던 모양이다.

그리고 내 눈앞에는 낯익은 검은 개가 송곳니를 드러내고 웃고 있었다.

재상담

✦

"또 만났군요. 부적 일은 잘됐습니까?"

개가 내 얼굴 앞에 바짝 주둥이를 들이대고 능글능글 웃었다. 나는 화가 치밀었다.

"이 거짓말쟁이 개새끼……!"

벌떡 일어나 한 대 친다, 라고 생각했으나, 나는 가려던 쪽과는 반대 방향으로 한 바퀴 빙글 돌아 한 팔을 펼쳤다. 다른 한 팔은 개가 손을 높이 치켜들어 꽉 잡고 있었다.

개가 이끄는 대로 나는 다시 개를 향해 빙글 돌아 개의 팔에 안겼다. 개가 한 팔로 내 등을 지탱한 채 내 허리를 뒤로 젖혔다. 내 얼굴을 향해 주둥이를 바짝 갖다 대고 여전히 능글능글 웃으며 말했다.

"오늘은 에너지가 넘치는군요? 기념으로 나와 한 곡, 어떠십니까?"

나는 몸을 일으키려 했다. 그러나 스스로 몸을 바로

세우기 전에 개가 등을 지탱했던 팔로 나를 일으켜 세웠다. 내 양손을 두 앞발로 마주 잡고 뒷발로 한 발짝 다가섰다가 한 발짝 물러섰다. 스텝을 밟으면서 개가 말했다.

"혹시나 해서 드리는 말씀인데, 이곳은 바닥이 불안정해서 계속 움직여야 합니다. 어이쿠, 거기 조심하세요."

개가 말을 채 끝내기도 전에 발뒤꿈치 바로 뒤에서 커다란 뱀이 고개를 내밀었다. 나는 기겁해서 한 걸음 앞으로 움직였다. 순간 발 바로 앞에서 푸쉭, 하고 불꽃이 솟았다. 나는 다시 황급히 뒤로 물러섰다.

개가 친절하게 미소 지었다.

"보셨죠? 나를 따라서 움직이는 게 좋을 겁니다."

개가 양손을 잡은 채 나를 한 바퀴 돌렸다.

"부적이 왜 말을 안 들어요?"

양팔이 몸통 앞에서 엇갈려 꼬인 채로 내가 등 뒤의 개에게 소리쳤다.

"시키는 대로 했는데, 할머니가 왜 안 깨어나시냔 말이에요?"

"저런, 저런. 지나치게 흥분하면 몸에 좋지 않습니다."

개가 차분하게 타일렀다. 그리고 나를 다시 앞으로 빙글 돌렸다.

"할머니는 때가 되면 깨어나실 겁니다. 그때까지 마음을 느긋하게 먹고 기다려 보세요."

"그때가 언제인데!"

개와 팔을 엇갈리게 걸친 채로 한 발 왼쪽으로 이동하

면서 내가 소리쳤다.

"또 무슨 속임수를 쓰려고 드는 거야, 개새끼야!"

왼발 옆에서 커다란 까마귀가 고개를 내밀었다. 날카로운 부리에 발을 찍히기 전에 나는 얼른 개를 따라 오른쪽으로 이동했다.

개가 양미간을 찌푸렸다. 팔을 풀고 이번에는 자기가 한 바퀴 돌며 개가 논평했다.

"그 호칭은 좀 마음에 안 드는군요."

"개새끼니까 개새끼라고 하지!"

등을 돌리고 선 개의 뒤통수에 대고 나는 소리쳤다. 개가 다시 나를 이끌고 오른쪽으로 한 발, 왼쪽으로 한 발 이동한 후 빙글 돌아섰다. 발을 움직일 때마다 튀어나오는 도마뱀과 전갈을 피하며 나는 계속 외쳤다.

"내 '소중한 것'을 가져갔으면, 할머니를 살려내야 될 거 아냐! 왜 안 깨어나시는 거야, 왜……."

하얀 붕대로 머리를 감싸고 곱게 누워 계시는 할머니의 모습이 눈앞에 아른거렸다. 나는 목이 메는 것을 참았다. 다른 것도 아닌 개 앞에서 눈물을 보이고 싶지는 않았다.

개가 잠시 내 얼굴을 들여다보다가 후우, 하고 한숨을 쉬었다.

"할 수 없군요."

개가 내 손을 놓았다. 어디선가 나타난 안락의자에 털썩 주저앉았다. 앞발로 얼굴을 부채질하며 개가 말했다.

"계속 앉아만 있으니 요즘 배가 나오는 것 같아서, 함께 간단한 스텝이라도 밟으면서 유쾌한 대화의 시간을 가져보려고 했는데 말이죠. 앉으세요."

뒤를 돌아보는 순간 뭔가 푹신한 것이 장딴지에 부딪쳤다. 지난번의 소파였다. 나는 밀려서 엉겁결에 털썩 주저앉았다.

개가 물었다.

"잠시 휴식할까요? 시원한 음료수라도?"

"필요 없어! 말 돌리지 마."

나는 소파에서 벌떡 일어나려 했다. 그러나 팔다리가 쿠션에 붙잡힌 듯, 움직이지 않았다.

"그 소파는 흡착 기능이 있어요."

개가 충고했다.

"거칠게 움직이면 팔다리가 빨려 들어 먹히는 수가 있습니다. 진정하시고 편하게 앉아서 심호흡이라도 하는 게 좋을 겁니다."

나는 억지로 움직이려던 사지의 힘을 풀었다. 팔이 쿠션에서 스르르 풀려나오는 것이 느껴졌다. 그러나 다리는 여전히 달라붙어 움직이지 않았다. 나는 일단 포기하고 얌전히 있기로 했다.

"좋습니다. 소파를 잘 이해하시는군요."

개가 고개를 끄덕였다. 그리고 안락의자 옆에서 낯익은 공책을 꺼내 펼쳐 들었다. 상체를 뒤로 젖히고, 다리를 꼬고, 편하게 자리를 잡은 후 내게 물었다.

"몇 가지만 물어보죠. 버스 추락 사고, 기억납니까?"

나는 어리둥절해서 개를 쳐다보았다. 할머니와 버스가 무슨 상관인가?

"무슨 헛소리야, 할머니는 교통사고가 아니라……."

"아아, 조모님 병명은 나도 압니다."

개가 손사래를 쳤다.

"시간 없으니 묻는 말에만 대답해 주세요. 심야 버스에서 취객이 운전기사를 폭행하고 운전대를 점거하는 난동을 부려서 버스가 한강으로 추락했던 사건, 기억납니까?"

나는 영문을 알 수 없어 개의 얼굴을 들여다보았다. 그리고 고개를 저었다.

개가 다시 물었다.

"잘 생각해 보세요. 정말로 기억 안 납니까?"

나는 다시 고개를 저었다.

"좋습니다. 그럼 여우, 일명 황지은이라는 여자는 기억납니까?"

"여우?"

나는 다시 어리둥절해서 개를 쳐다보았다. 그리고 고개를 저었다.

"얼굴이 희고, 눈이 크고, 불그스름한 갈색 머리카락이 이렇게 허리까지 내려온 미인입니다. 쉽게 잊을 수 있는 외모는 아니죠. 잘 생각해 보세요."

개의 묘사를 들으니 누군가 생각이 날 것도 같았다. 그러나 기억을 짜내려고 하면 할수록 그 '생각날 듯했던 누군가'는 점점 더 흐릿해져서 마침내 완전히 머릿속에서 사라져 버렸다. 나는 고개를 저었다.

"정말 기억 안 납니까?"

나는, 이번에는 분명하게, 다시 한번 고개를 저었다.

개는 어쩐지 만족한 것 같았다.

"아주 좋습니다."

개가 공책을 내려놓고 느긋하게 양쪽 앞다리를 안락의자의 팔걸이에 얹었다.

"그게 이 모든 문제의 근본 원인입니다. 원인을 제거했으니 앞으로는 차차 나아질 겁니다."

"하지만……, 할머니는……?"

개가 다 이해한다는 듯 고개를 끄덕였다.

"조모님은 내가 잘 보호하고 있습니다. 지금은 주위에 위험한 자들이 많아서 보내드릴 수 없지만, 때가 되면 무사히 돌려보내 드릴 겁니다. 약속하죠."

"그런 개소리를 어떻게 믿어?"

내가 항의했다.

"지난번에도 부적만 없애면 할머니가 깨어나실 것처럼 말하더니, 안 깨어나셨잖아? 게다가 뭔지도 모를, '나한테 소중한 걸' 가져가느니 마느니 수작을 부리고……."

개가 곤란한 표정으로 고개를 설레설레 저었다.

"아직도 그 여우에게 미련을 가지고 있습니까?"

"무슨 여우?"

개가 싱긋 웃었다. 송곳니가 번쩍 빛났다.

"거보시오. 기억도 못 하지 않습니까?"

"도대체 여우가 할머니하고 무슨 상관인데?"

개가 이번에는 엄격한 표정으로 나를 쳐다보았다.

"밤길에 여우에게 홀려서 이후로 몇 달이나 끌려다녔던 것, 기억 안 납니까?"

"뭐라고……?"

그러나 개는 내게 말할 틈을 주지 않았다.

"손자의 목숨을 걱정하신 할머니께서 부적을 써서 저승의 사냥개를 데려다 요물을 쫓아 보내려 하셨지만, 당신이 부적을 버리는 바람에 실패하셨죠. 손자가 완전히 여우 굴에 들어가 결혼식까지 올리는 걸 보고 다시 한번 우리를 불러내어 요물을 완전히 죽이려 하셨지만, 눈치를 챈 여우가 선제공격을 하는 바람에 조모님께서는 생명의 위협까지 받으신 겁니다."

"하지만, 그러면, 부적은……?"

"아직 명이 다하지 않은 인간이 요물의 장난에 죽는 건 직무상 용납할 수 없어서, 명부(名簿)의 관리자인 내가 부적 속에 들어가 곁에서 지키고 있었습니다. 아시겠습니까?"

전혀 알 수 없다.

"그럼……, 왜, 부적의 목을……."

개는 입맛을 쩝, 하고 다셨다.

"그건 계산 착오였어요. 당신이 직접 나타나서 부적까지 해제하면 여우가 틀림없이 다시 올 테니까, 그때 잡아서 아주 결판을 낼 생각이었는데, 여우는 안 오고 쓸데없는 것들만 끼어들어 난장판이 되는 바람에……."

"쓸데없는 것들이라니?"

개가 난처한 표정으로 웅얼거렸다.

"그, 왜, 있잖습니까. 조모님과 같은 병실에 있던……."

나는 눈을 까뒤집고 누나에게 덤비던 아주머니를 상기했다.

"그 사람들 도대체 뭐야? 뭘 어떻게 했는데 그런 난리가 난 거야?"

나는 다시 소파에서 몸을 일으키려 했다. 소파가 다시 나를 붙잡았다.

개가 엄격한 표정으로 한 손을 들었다.

"진정하라고 분명히 경고했습니다. 그리고 우리 서로 예의를 지키기로 합시다. 개의 모습을 빌리긴 했지만 나는 일반 반려견이 아니에요. 계속 반말을 하는 건 곤란합니다."

나는 어쩔 수 없이 몸의 힘을 풀었다.

"미안해요."

내가 웅얼거렸다. 개가 고개를 끄덕였다. 그리고 원래 주제로 돌아와 대답했다.

"그때 병실의 환자들은 추락 버스의 승객들입니다."

"추락 버스……?"

혼란에 빠진 내 표정을 보고 개가 말했다.

"일전의 교통사고로 죽은 사람들이죠."

"죽은 사람들이 어떻게 병실에 입원을 해요?"

개는 잠시 생각했다.

"이걸 어떻게 설명해야 하나……. 좋습니다. 이렇게 말해보죠. 납량특집이나 귀신이 나오는 공포영화 같은 것, 좋아합니까?"

"……별로, 좋아하는 건 아니지만……."

그러나 내 취향과는 상관없이 최근에는 일상생활이 공포영화가 되어가고 있다.

개가 다시 물었다.

"좋아하지 않아도, 한 번쯤 본 적은 있겠죠? 아니면 옛날애기로 들은 적이라도?"

"그거야, 있죠……."

"좋습니다. 그런 이야기를 보면, 귀신이나 요물의 장난으로 사람이 죽는 사건이 생기죠?"

그런 것도 같다. 나는 고개를 끄덕였다.

"그렇게 귀신한테 죽은 사람이 다시 원귀가 되어 나타나는 걸 혹시 봤습니까?"

잘 모르겠지만, 못 본 것 같다.

"잘 살다가 어느 날 갑자기 귀신의 장난으로 죽임을 당하면, 억울할 것 같지 않습니까? 그런 사람들이 왜 스스로 원귀가 되어 귀신과 싸우지 않는지, 궁금하게 생각한 적 없습니까?"

없다.

"……그거야, 자꾸 원귀가 늘어나면, 영화 줄거리가 너무 복잡해지니까……."

내가 더듬더듬 생각나는 대로 대답했다.

"아하."

개가 집게손가락을 쳐들었다. 짧고 뭉뚝한 손가락이었다.

"그것도 일리 있는 얘기입니다만, 요물의 장난이나 원귀는 허구의 이야기일 뿐이라는 잘못된 전제가 깔려 있군요. 진짜 이유는 이런 겁니다."

개가 내 얼굴에 주둥이를 바짝 갖다 대고 의미심장하게 말했다.

"귀신이나 요물은 저세상에 속하는 것들로, 이승에 남아 인간과 접촉을 시도하는 행위는 예외적인 경우를 제외하면 원칙적으로 금지입니다."

"……그래서요?"

"하지만 여우 같은 요물들은, 장난을 쳐서 사람의 수명을 뺏은 후 그걸 자기가 갖는 거죠. 그 수명만큼 요괴는 이승에 더 머물 수 있고, 그걸 뺏긴 사람은 수명을 잃었기 때문에 저승으로 가야 합니다. 그래서 이승에는 원귀가 기하급수로 늘지 않는 거죠. 웬만큼 기가 세거나 원한이 강하지 않은 한, 수명을 뺏기면 일단 저승을 가야 하니까요."

나는 당황하여 고개를 끄덕였다. 도대체 이야기가 어디로 가는 것인지 감도 잡을 수 없었다. 개는 내 표정에는 아랑곳없이 자기 할 말을 계속했다.

"하지만, 생각해 보세요. 당신이, 귀신의 장난이든 뭐든, 어떤 불쾌한 이유로 멀쩡한 수명을 뺏기면, 억울할 것 같지 않습니까? 게다가 명부(冥府)에서 재판받는 순서는 정해져 있기 때문에, 저승에 간다고 곧바로 판결을 받고 행선지가 정해지는 것도 아닙니다. 그래서 대개 그런 식으로 비명횡사를 하면 재판받는 날까지 줄 서서 기다려야 하는데, 이게 여간 오래 걸리는 게 아니죠."

"……무슨 재판을 받아요?"

"염라대왕님 앞에서 생전의 악행과 선행을 재판받는 것도 몰라요? 딴 얘기 시키지 말아요. 정신 사나우니까."

개가 귀찮다는 듯이 손을 저었다. 그리고 하던 말을 계속했다.

"요즘은 인구가 하도 늘어서 재판 기다리는 사람도 워낙 많다 보니, 그중에 몇 명쯤 딴 데 가서 기웃거리다가 온다고 해도 사자들이 일일이 단속을 못 해요. 사고나 전쟁처럼 단체로 몇십, 몇백 명씩 죽어서 떼로 몰려온 경우에는 더 심하죠. 그 시끄럽고 정신없는 건 말도 못 한다고요."

개가 생각도 하기 싫다는 듯 고개를 절레절레 저었다.

"다행히 당신이 탔던 그 추락 버스에는 승객이 얼마 없었지만, 단체 비명횡사는 단체 비명횡사죠. 그래서 단체로 저승으로 보내졌던 승객들이 자기 수명을 되찾아 오겠다고 이승으로 도망친 게 그때 조모님 병실의 사람들입니다. 아시겠어요?"

나는 불안하게 개를 쳐다보았다. 생각이 뒤엉켰다.

"……그럼, 나도, 버스에서 죽은 건가요?"

개가 혀를 끌끌 찼다.

"지난번에도 내가 말했죠. 사람이니까 언젠가는 죽겠

지만, 아직은 아닙니다."

"그럼 왜⋯⋯. 그리고 그 사람들은⋯⋯."

"그 승객들은 버스가 추락하기 전부터 죽어 있었어요. 하지만 당신은 죽지 않았죠. 무슨 이유인지 몰라도 여우가 살려준 겁니다."

"⋯⋯."

"하지만 이미 여우에게 홀려 있었던 데다가, 생사를 오가는 큰 사건도 한 번 겪었기 때문에, 말하자면 당신은 이승과 저승의 중간 지대로 점점 밀려나서, 거기다 구멍을 뚫어버린 겁니다. 그리고 이후로도 여우와 계속 접촉하면서 산 사람으로서의 기를 뺏겨서, 온몸으로 이승과 저승을 잇는 다리 역할을 하게 됐다는 게 나의 분석입니다."

"잠깐만요, 잠깐만요."

내가 끼어들었다.

"자꾸 여우, 여우 하는데 난 그런 거 몰라요. 원래 동물도 별로 안 좋아하고, 집에서 반려동물 키운 적도 없다고요. 도대체 여우하고 교통사고가 무슨 상관⋯⋯."

개가 웃었다. 컹, 컹, 컹, 하는 소리가 방 안을 울리고, 연미복의 흰 셔츠 아래에서 배가 들썩이는 것이 보였다.

"반려동물이라⋯⋯. 컹, 컹, 컹⋯⋯. 그거 재미있는 표현이군요."

나는 기분이 상했다. 개가 간신히 웃음을 그치고 말했다.

"여우를 당신이 반려동물로 키웠다기보다는, 당신이 여우의 애완동물이 됐다는 쪽이 정확하다고 봅니다."

"아 글쎄, 난 그런 적 없다니까……."

"그건 내가 당신의 기억을 가져갔기 때문이죠."

나는 잠시 입을 벌린 채로 굳어졌다.

"아……. 그럼 그게……."

개가 고개를 끄덕였다.

"그게 지난번 상담 당시 '당신이 대단히 소중하게 생각하던 것'입니다."

"하, 하지만……."

나는 뭐라고 말해야 할지 알 수 없었다. 뭔가 손해 본 기분이었지만, 정확히 무엇을 어떻게 손해 봤는지 설명할 수 없었다.

내 생각을 읽기라도 한 것처럼, 개가 차분하게 설명했다.

"여우에게 홀렸던 기억 따위는 끌어안고 있어봤자 인생에 별 도움이 안 돼요. 게다가 자칫하면 그 기억을 바탕으로 또 여우를 끌어들여 다시 홀릴 수 있기 때문에, 말하자면 백해무익한 겁니다. 하지만 당신이 너무나 소중하게 여기는 기억이라 쉽게 떼어낼 수가 없어서, 무슨 수를 써서든 당신이 스스로 내놓게 해야만 했어요."

"……그러니까, 지금 댁이 여우로부터 날 지켜주기 위해서 내 기억을 가져갔다는 건가요?"

개가 고개를 끄덕였다.

"이제 좀 이해하시는군요."

"왜요?"

내가 의심스럽게 되물었다.

개가 한숨을 쉬었다.

"몇 번이나 말해야 알아들어요? 난 명부(名簿) 관리인 겸 경비원이라고요. 저승에 속하는 요물이 멀쩡한 인간의 수명을 훔쳐서 이승에 무임승차하는 걸 막는 것도 내 일이란 말입니다."

나는 의심스러운 표정으로 눈앞의 연미복 입은 검은 개를 바라보았다. 개는 안락의자에 느긋하게 기대앉아서 다정한 표정으로 한쪽 눈을 찡긋해 보였다. 개의 목 부근에, 흰 연미복 셔츠와 검은 비단 나비넥타이 사이로 뭔가 빨간 것이 엿보였다.

'절대로 아무것도, 아무도 믿지 마'라는 누나의 말이 생각났다.

"그럼, 할머니는 도대체 언제 깨어나시는 거죠?"

내가 따져 물었다.

"깨어나시기는 하는 건가요?"

개가 진지하게 대답했다.

"여우를 잡고, 주변 비명횡사자들 교통정리가 끝나고 나서, 안전하다고 판단될 때 귀가 조치할 겁니다."

"정말이죠? 정말로 깨어나시는 거죠?"

개가 고개를 끄덕였다.

"정말입니다."

"그럼 그때까지 저는 그냥 기다리는 것밖에 할 수 있는 일이 없는 건가요?"

개가 다시 고개를 끄덕였다.

"그냥 기다리시면 됩니다."

그리고 개가 말했다.

"자, 이제 원기 회복을 위해서 그걸 쭉 들이켜시고, 일상생활로 돌아가세요."

개가 가리키는 쪽을 바라보니, 아까는 없던 다탁이 생겨 있었다. 다탁 위에 머그잔이 놓여 있었고, 그 안에서 커피가 향기로운 김을 피워 올렸다.

나는, 조금 수상쩍었으나, 개가 시키는 대로 머그잔을 집어 들었다. 지난번의 경우에 비추어 보아, 머그잔 속의 액체는 마시면 현기증이 난다는 것 외에 큰 피해는 없었다.

잔을 입으로 가져가려는 순간, 뒤에서 날카롭게 외치는 소리가 들렸다.

"그거 마시지 마!"

나는 뒤를 돌아보았다.

"누나……?"

나는 잔을 다탁에 내려놓고 일어섰다. 개도 따라서 일어섰다.

"이거 복잡하게 됐군……."

개가 중얼거렸다.

경귀축신(警鬼逐神)

✦

"기준아, 이쪽으로 와. 그 개새끼 가까이 있으면 위험해!"

누나가 소리쳤다. 개가 다시 미간을 찌푸렸다.

"이 사람들이 보자 보자 하니까 말끝마다……."

그리고 내 눈앞에서 개는 문득 아래위로 길게 늘어나기 시작했다.

"개의 모습이 마음에 안 듭니까?"

개, 아니 이제는 하늘 끝까지 닿는 검은 기둥이 우렁우렁 울리는 소리로 말했다.

─그럼 이런 모습이라면 마음에 드나?

"기준아, 이리 와. 위험하다니까!"

나는 일어섰다. 팔다리를 빨아들이던 소파는 어느샌가 사라지고 없었다. 나는 뒷걸음질 치다가 누나에게 부딪쳤다.

"저, 저게 뭐야?"

"걱정하지 마. 별거 아냐."

누나가 입 속에서 뭔가를 꺼냈다.

"누나, 뭐 해?"

누나는 대답하지 않고 입 안에서 뱉어낸 것을 양손에 나눠 쥐었다. 나는 누나의 옷차림이 이상하다는 것을 눈치챘다.

"누나, 옷은 왜 그래?"

누나는 뻣뻣해 보이는 천으로 만든 누르스름한 한복을 입고 있었다.

"신경 쓰지 마. 네 꿈속이라서 이상해 보이는 거야."

─그자는 이미 죽은 자요.

검은 기둥이 우렁우렁한 소리로 말했다.

─입고 있는 것은 죽은 사람이 입는 수의요. 가까이하지 않는 게 좋을 거요.

"저런 말, 듣지 마."

누나가 속삭였다.

─그자가 하는 말이야말로 듣지 않는 게 이롭소.

"헛소리."

누나가 다시 속삭였다.

검은 기둥이 한 걸음 앞으로 다가왔다.

─내가 주는 이 약을 마시고, 왔던 곳으로 돌아가시오.

내 앞에 찻잔이 떠올랐다. 공중에 뜬 찻잔은 가늘게 좌우로 흔들리며 향기로운 김을 뿜어내고 있었다.

달콤한 향이 코끝에 휘감겼다. 나는 나도 모르게 손을

뻗었다.

"손대지 마!"

누나가 외치며 찻잔을 후려쳤다. 뜨거운 액체가 쏟아질 것을 예상하고 나는 움찔 뒤로 물러섰다. 그러나 찻잔은 흔적 없이 사라져 버렸다.

"널 홀리려는 거야. 넘어가면 안 돼."

누나가 숨을 몰아쉬며 말했다.

―약을 마시는 게 좋을 거요.

검은 기둥이 다시 한 걸음 앞으로 다가왔다. 코앞에 아까의 찻잔이 다시 떠올랐다.

누나가 입 속에서 꺼낸 것을 찻잔을 향해 던졌다.

이번에는 찻잔이 '쨍!' 소리를 내며 깨졌다. 찻잔의 파편과 함께 내용물도 산산이 흩어지더니 공중으로 증발해 버렸다.

―곤란하게 됐군.

검은 기둥이 말했다.

―약을 먹지 못하게 됐으니 기를 보하지 못할 거요. 하지만 지금이라도…….

"헛소리하지 말라니까!"

누나가 손에 남은 것을 검은 기둥을 향해 던졌다. 검은 기둥에 딱, 하고 뭔가 부딪치는 소리가 들렸다.

"깽!"

검은 기둥은 순식간에 개의 모습으로 돌아왔다.

누나가 재빨리 세 번 연달아 던졌다. 딱.

"깽!"

개는 작아졌다. 어른 남자 정도의 원래 크기에서 아이 정도의 크기로 줄어들었다.

딱.

"깽!"

개는 이제 주먹 정도의 크기로 줄어들었다.

딱.

"깽!"

마지막 비명과 함께 개는 사라졌다.

누나가 숨을 몰아쉬며 주위를 둘러보았다.

"갔니?"

"……그런 것 같은데."

"우리도 가자, 다시 나타나기 전에."

누나가 내 손을 잡았다. 손이 차가웠다.

나는 누나가 이끄는 대로 손을 잡고 뛰었다.

ㅡ드르르륵, 드르르륵.

나는 재봉틀 돌아가는 소리에 눈을 떴다.

"누나……, 뭐 해?"

누나는 내게 등을 돌린 채 할머니의 재봉틀 앞에 앉아 뭔가를 열심히 박고 있었다. 여전히 꿈속에서 보았던 누르스름하고 뻣뻣한 한복 차림이었다.

"누나……, 옷이 이상해."

나는 몸을 일으켰다.

"아까 꿈속하고 똑같네……? 이게 무슨 옷이야……?"

"이건 수의야."

누나가 여전히 내게 등을 돌린 채로 재봉틀을 열심히 돌리며 대답했다.

"죽은 사람이 입는 옷이야."

"그걸 왜 누나가 입고 있어?"

"조금만 기다려."

누나가 재봉틀을 돌리며 대답했다.

"네 것도, 할머니 것도 만들어 줄게."

나는 잠시 뭐라고 대답해야 할지 알 수 없었다.

"……저기, 난, 필요 없는데."

내가 한참 만에 간신히 입을 뗐다.

"할머니도, 저기, 당분간은, 필요 없을 거야."

"필요해질걸."

누나가 대답했다. 그리고 내게 물었다.

"아까 그 개가, 넌 요물이 장난을 쳐서 이승과 저승 사이에 갇혔다고 했지?"

"……누나가 그걸 어떻게 알아?"

누나는 내 질문에 대답하지 않고 계속 물었다.

"그렇게 중간에 떠버린 사람의 수명은 어떻게 되는지 알아?"

그다지 알고 싶지 않다는 생각이 들었다.

"……모르겠는데."

누나가 후웃, 후웃 하고 이 사이로 웃었다.

"그건 말이야……."

누나가 속삭였다.

"줍는 사람이 임자야."

재봉틀은 여전히 드르르륵, 드르르륵 소리를 내며 돌아가고 있었다.

"누나……."

누나는 대답하지 않았다.

"누나, 그거, 그만 만들어."

누나는 여전히 대답하지 않았다.

"누나……."

"……."

"그거 그만하고 나 좀 봐봐."

"……."

"누나……?"

누나가 내 쪽으로 살짝 고개를 돌렸다. 머리카락에 가려서 얼굴이 잘 보이지 않았다.

"기준아."

누나가 고개를 조금 더 돌렸다. 몸은 전혀 움직이지 않은 채, 고개만 돌아간다.

"넌 내가 아직도 네 누나로 보이니?"

등 돌린 몸 위에 얹힌 핏기 없는 창백한 얼굴이 나를 쳐다보고 웃었다. 새빨간 입술이 귀에서 귀까지 찢어지고, 움푹 들어간 눈에는 흰자밖에 없었다…….

한 순간 몸이 얼어붙었다. 그대로 시간이 정지해 버린

168

것 같았다.

그 뒤의 기억은 분명하지 않다.

등 돌린 몸 위에 얹힌 창백한 얼굴이 새빨간 입을 한껏 벌리고 흰자위밖에 없는 눈을 부릅뜬 채 나를 향해 다가오려던 순간, 뭔가 검은 것이 얼굴을 향해 덤벼들었다. 나는 그대로 얼어붙은 채 보고 있었다. 검은 것이 얼굴의 목을 물어뜯었다. 얼굴은 주위의 공기를 찢는 날카로운 비명을 지르며 쓰러졌다.

눈에 시퍼런 불이 타오르는 거대한 검은 개가 핏방울이 뚝뚝 떨어지는 날카로운 이빨을 드러낸 채 나를 향해 돌아섰다……

깨어남

✦

눈을 떴을 때는 다시 할머니 댁 안방이었다. 지난번처럼 상은 뒤엎어져 그릇과 술잔, 주전자와 뚜껑이 방 안 여기저기 어지럽게 널려 있었다. 역시 지난번처럼, 그릇 속의 음식과, 술잔과 주전자 속의 술은 핥은 듯이 전부 사라지고 없었다.

그리고 내 옆에는 누나가 누워 있었다.

"누나! 누나?"

누나는 깨어나지 않았다.

"누나!"

나는 누나의 뺨을 가볍게 때렸다. 누나는 여전히 깨어나지 않았다. 코 밑에 손가락을 대보았다. 숨을 쉬지 않았다.

나는 무작정 화장실로 달려갔다. 대야에 찬물을 받았다. 방으로 달려와 누나에게 부었다.

"푸앗! 콜록, 콜록……"

누나가 진저리를 치며 깨어났다.

"누나!"

나는 누나를 끌어안았다. 누나가 나를 밀어냈다.

"뭐 하는 짓이야, 너……."

누나가 여전히 기침을 하며 말했다.

"미안해, 누나가 안 깨어나서……."

누나가 얼굴에서 물을 털어냈다. 나는 다시 화장실로 달려갔다. 수건을 가져왔다.

누나가 얼굴과 머리카락의 물기를 닦아내며 중얼거렸다.

"그런데 내가 왜 여기 와 있니……?"

"내가 개 만나는 거, 감시하러 온 거 아니었어?"

"무슨 개……?"

나는 누나의 목을 살폈다. 물린 자국은 없었다. 누나의 옷차림도 점검했다. 평소 직장에 갈 때 입는 바지 정장 차림이었다.

재봉틀 탁자 쪽을 보았다. 탁자 위에는 이전처럼 소형 텔레비전과 책 몇 권, 그리고 다른 잡동사니들이 쌓여 있었다. 재봉틀은 나와 있지 않았다.

"부적 찾으러……. 할머니……. 병원에 갔었는데……."

누나가 망연자실 중얼거렸다. 그러더니 문득 옷을 내려다보고 질색을 했다.

"야, 최기준! 이거 드라이해야 하는 옷인데 물을 퍼부으면 어떡해!"

소리 지를 기운이 있는 걸 보니 정상으로 돌아온 모양
이었다.

"할머니는?"

대답 대신 내가 물었다.

"아직 소식 없어?"

누나가 멍한 얼굴로 나를 쳐다보았다.

"무슨 소리야……. 그때 부적, 처리하고 나서……."

말하다 말고 누나는 갑자기 겁에 질린 표정이 되었다.
내게 물었다.

"부적 처리하고 나서, 어떻게 됐어?"

나는 이해할 수 없었다. 누나가 다시 물었다.

"할머니 깨어나셨니?"

"누나, 왜 그래……."

"어떻게 된 거야? 오늘 며칠이야?"

누나가 허둥지둥 휴대전화를 꺼냈다. 날짜와 시간을
확인했다. 그리고 이제는 완연히 공포에 질린 얼굴이 되
어 나를 쳐다보았다.

방 안에 침묵이 흘렀다. 두려움과 혼란이 뒤섞여 숨통
을 짓누르는, 그런 침묵.

갑자기 전화벨이 울렸다. 누나는 화들짝 놀라 전화기
를 떨어뜨릴 뻔했다.

이어서 내 주머니 속에서도 전화벨이 울렸다. 나는 전
화기를 꺼냈다. 아버지였다.

나는 누나를 쳐다보았다. 누나도 나를 쳐다보았다.

우리는 전화를 받았다.

"기준이냐?"

"예."

아버지가 흥분한 목소리로 말했다.

"지금 빨리 병원으로 와라."

"왜요? 무슨 일이에요?"

누나가 전화기를 귀에 댄 채 속삭였다.

"할머니, 깨어나셨대."

회복

✦

할머니가 깨어나셨다고 해서 말씀을 하시거나 스스로 움직일 수 있는 것은 아니었다. 눈을 뜨셨고, 눈동자에 초점이 잡히고 생기가 돌았으며, 눈을 깜빡이거나 손을 움직여서 주위 사람의 말에 반응을 하는 것이 전부였다. 우리에게는 그것으로 충분했다.

나와 누나가 병실에 들어가자 아버지가 큰 소리로 할머니께 외쳤다.

"어머니, 기준이하고 기혜 왔어요. 알아보시겠어요?"

할머니는 물론 대답은 하지 않으셨다. 그러나 눈꺼풀이 빠르게 깜빡였다.

누나가 할머니의 손을 잡았다.

"할머니, 저 기혜예요. 알아보시겠어요? 알아보시면 손 쥐어보세요."

할머니의 손가락이 가볍게 움직이는 것이 보였다.

누나가 웃었다.

"내 손을 잡으셨어."

눈에 눈물이 고여 반짝였다.

"할머니가 내 손을 잡으셨어."

누나와 내가 자리를 바꿨다. 이번에는 내가 할머니의 손을 잡았다. 손은 연약하고 힘이 없었으나, 그래도 따뜻했다.

"할머니."

나는 할머니에게 얼굴을 가까이 대고 속삭였다.

"저 알아보시겠어요?"

할머니의 눈꺼풀이 깜빡였다.

"저 기준이에요. 저 알아보시면 손 쥐어보세요."

할머니의 손이 갑자기 내 손을 꽉 쥐었다. 상상도 못했던 힘이었다. 그리고 할머니는 뭔가 속삭였다.

"……우는?"

"예?"

할머니의 입이 움직이는 것을 보고 가족 모두 일순 침묵했다. 나는 귀를 조금 더 가까이 가져다 댔다.

"……여우는?"

"뭐라시니?"

고모가 조급하게 물었다. 할머니의 입이 다시 움직였다.

"……결혼은……?"

"뭐야, 뭐라고 그러셔?"

어머니가 물었다.

175

"'결혼은?' 하시는데."

이번에는 모두들 의아한 표정으로 잠시 침묵했다. 마침내 고모부가 웃으며 말했다.

"기준이, 빨리 장가가야겠네."

어머니가 맞장구쳤다.

"그래, 그래야겠다."

환자가 무리하면 안 된다는 간호사의 말에 우리는 고모만 남기고 모두 쫓겨났다. 고모부와 아버지, 사촌 동생은 웃고 있었고, 어머니와 누나는 웃으면서 동시에 울었다.

'여우는?'이라는 할머니의 첫마디를 나는 아무에게도 말하지 않았다. 그것은 끝난 일이었다. 할머니가 깨어나셨다. 그것만으로 충분했다.

희생자

✦

할머니는 천천히, 그러나 순조롭게 회복하셨다. 부모님은 의사의 말에 따라 재활 치료 전문 병원을 알아보았다. 고모와 내가 병원을 보러 다녔다. 즐거웠다.

"넌 뭐가 그렇게 좋냐?"

병원을 나와 택시를 타서 고모가 물었다.

"할머니가 재활 치료도 받으시잖아요. 깨어나셔서, 회복을 하신 거잖아요."

고모가 웃었다.

"하긴 그래. 그건 나도 좋다."

그리고 고모가 내 손을 탁, 때렸다.

"아야! 왜 때려요!"

나는 울상을 했다. 고모가 엄격한 표정으로 나를 쳐다보았다.

"너, 빨리 장가가라."

"……."

"네가 장가 안 간 게 얼마나 마음에 걸렸으면 할머니가 깨자마자 그런 말씀을 하시겠니."

고모가 조용히, 쓸쓸하게 말했다.

"앞으로 어떻게 될지 모르니까, 할머니 상태 좋을 때 빨리 결혼하는 거 보여드려."

"결혼은 나 혼자 해요, 뭐……."

고모가 다시 내 손을 탁, 때렸다.

"그만 때려요, 고모!"

"사람이 마음을 단단히 먹으면 다 할 수 있는 거야. 너도 이제 정신 좀 차려."

내가 손등을 문지르며 말했다.

"그럼 고모가 누구 소개 좀 시켜주세요."

"소개시켜 주면 결혼할래?"

"어리고 예쁘고 돈 많은 여자면, 생각해 보죠."

농담처럼 말했지만, 나는 진지하게 생각하고 있었다. '결혼은?'이라는 할머니의 말씀은 가족들이 생각하는 그런 의미가 아니라는 것을 나는 알고 있었다. 그러나 이제는, 제대로 사는 모습을 할머니께 보여드리고 싶었다. 더이상은 할머니의 보호를 받는 어린아이일 수 없었다. 어른이 되어야 할 때였다. 나는 그것을 증명하고 싶었다. 다른 누구보다도, 나를 위해 목숨을 거신 할머니께, 증명하고 싶었다.

오전에 나와 함께 재활 병원을 보러 다니고, 고모는 오후에 어머니와 교대했다. 병실에 들어가 보니 사촌 동생도 와 있었다. 고모와 어머니가 재활 병원과 간병사를 논의하는 동안, 사촌 동생과 나는 병실을 나와서 병원 지하 편의점에 먹을 것을 사러 갔다.

"오빠."

편의점으로 내려가며 사촌 동생이 말했다. 심각한 표정이었다.

"나, 이 병원 기분 나빠. 할머니, 빨리 다른 병원으로 옮겼으면 좋겠어."

"왜? 무슨 일 있었어?"

"할머니랑 같은 병실에 있었던 아주머니, 돌아가신 거 알아?"

"……."

"교통사고로 굉장히 오랫동안 의식불명이었는데, 며칠 전에 갑자기 발작을 일으켰대."

나는 에스컬레이터 손잡이를 잡은 채 그대로 굳어졌다. 눈을 까뒤집고 누나에게 덤벼들던 모습이 떠올랐다.

사촌 동생은 내 표정을 눈치채지 못하고 계속 말을 이었다.

"간호사가 진정시키러 갔는데, 목을 물어뜯었대. 다들 쉬쉬하는데, 그 간호사도 아마 죽었다나 봐."

사촌 동생이 불안한 표정으로 나를 쳐다보았다. 그리고 물었다.

"오빠, 왜 그래? 어디 안 좋아?"

"아니, 괜찮아…… 그래서? 아주머니는 어떻게 됐대?"

"다시 의식을 잃고 며칠 있다가 돌아가셨는데, 그다음이 더 이상해."

에스컬레이터를 내려서 모퉁이를 돌아 지하층 복도로 접어들며 사촌 동생이 말했다.

"바로 엊그제께 돌아가셔서, 염습도 다 끝나고 발인이 오늘 아침이었대. 그런데 새벽에 발인하려고 보니까 관이 막 부서지고 시체가 엉망이 돼 있더라는 거야."

"……엉망이라니? 어떻게?"

사촌 동생이 목을 가리켰다.

"목이, 무슨 큰 동물이 이빨로 물어뜯은 것처럼 돼 있더래…… 반함(飯含)한 것도 없어지고."

"반함? 그게 뭐야?"

"오빠 반함 몰라? 저승길에 여비 쓰라고 죽은 사람 입에 쌀이랑 구슬 물리는 거."

'누나'가 입 속에서 뭔가 뱉어내어 개에게 던졌던 것이 떠올랐다.

"요즘에는 그런 거 잘 안 하는 모양인데, 그 집안은 그런 거 지키나 봐. 옥구슬을, 꽤 비싼 걸 다섯 개나 넣었다는데, 다 없어졌대. 저기, 저거 봐."

사촌 동생이 고갯짓을 했다. 병원 지하층에는 장례식장이 있었고, 편의점을 가려면 쭉 늘어선 빈소들 옆을 지나가야 했다. 제3빈소, 제2빈소는 비어 있었다. 제1빈소에서는 상복을 입은 사람들이 병원 직원으로 보이는 사람에게 고래고래 고함을 지르며 싸우는 중이었다. 빈소는 접객실도 제단도 이미 전부 깨끗이 치웠고, 제단 위에 영정 사진만 덩그러니 놓여 있었다. 눈이 뒤집히지 않은 얼굴은 그냥 평범하고 인상 좋은 중년 아주머니였다. 나는 누군가 차가운 손으로 가슴을 누르는 것 같은 느낌을 받았다.

"가족들은 도둑이 들어서 시신을 훼손하고 반함한 거 훔쳐 갔다고, 병원 측 관리 부실이니까 보상해 달라고 하나 봐. 병원에선 그럴 리가 없다고 하고."

종종걸음으로 재빨리 빈소 옆을 지나 편의점으로 들어가며 사촌 동생이 말했다. 물건을 계산하고 편의점을 나오며 내가 물었다.

"넌 그런 걸 다 어디서 들었냐?"

사촌 동생이 엄지손가락으로 등 뒤의 편의점을 가리켰다.

"저 편의점 아줌마. 병원 일이라면 뭐든지 다 알아. 아까 아침에 물 사러 갔다가 들었어."

다시 빈소를 지나가는 지하 복도로 들어서려는 나를 사촌 동생이 막았다.

"오빠, 거기 재수 없어. 밖으로 돌아서 가자."

언덕 위에 지어진 병원이라, 이름은 지하층이지만 반대편으로 나오면 밖으로 곧장 통했다. 우리는 밖으로 나왔다. 바람이 시렸다. 사촌 동생이 편의점 비닐봉지에서 따뜻한 캔 커피를 꺼냈다.

"외숙모한테도 이 얘기 했는데, 흉한 소리 한다고 야단만 맞았어."

사촌 동생이 캔 커피를 마시며 말했다.

"오빠가 좀 잘 말씀드려 봐. 나 이 병원 정말 싫어. 무서워."

사촌 동생이 캔 커피를 다 마시기를 기다려, 나는 동생만 먼저 병실로 보내고 다시 지하층으로 들어갔다. 제1빈소로 갔다. 향은 이미 치워서 피울 수 없었고, 절만 두 번 했다.

"얼마나 상심이 크십니까."

상주일 듯한, 아마도 남편으로 보이는 남자는 이제 분개한 목소리로 어딘가에 전화를 하고 있었다. 내 절을 받아준 것은 어린 소년이었다. 중학생 정도 되어 보였다. 맞절을 하고 인사를 받고, 소년이 내게 물었다.

"저희 어머니, 아세요?"

"예, 저희 할머니하고 같은 병실에 계셔서……."

"아……."

소년이 고개를 끄덕였다.

"이렇게 돼버려서, 정말 죄송합니다."

"예?"

소년은 어리둥절한 표정으로 잠시 나를 쳐다보았다. 당혹스러웠다. 진심으로 미안했기 때문에 사과한 것이지만, 소년이 그걸 이해할 리 없었다. 그렇다고 딱히 납득할 수 있게 설명할 방법도 없었다.

그러나 소년은 더 이상 묻지 않고 다시 고개를 숙여 나에게 인사했다.

"와주셔서 감사합니다."

아직 어린데도, 어머니가 죽고, 아버지와 친척들이 병원 직원과 언성을 높이며 싸우는 와중에도, 소년은 침착하고 의젓했다.

나는 급한 대로 편의점 옆의 ATM기에서 현금을 인출해서 얼마간의 부의금을 소년에게 쥐여주었다. 그리고 다시 한번 고개 숙여 인사하고 빈소를 나왔다.

신장(神將)

✦

"……그러니까 누나, 할머니 병원 빨리 옮기자. 민경이 말대로, 나도 여기 무서워."

누나가 전화기 저편에서 뭔가 생각했다. 내가 다시 말했다.

"누나가 엄마랑 고모한테 잘 좀 말씀드려 줘. 난 뭐라고 해야 할지 모르겠어."

"알았어."

누나의 목소리는 침착했다.

"그렇지만 앞으로는 별일 없을 거야."

"그걸 어떻게 알아? 그동안 이상한 일이 얼마나 많았는데."

누나가 잠시 망설이다 말했다.

"할머니 아직 안 깨어나셨을 때, 꿈을 꿨어."

"무슨 꿈?"

"할머니가 이렇게 앉아 계시고, 그 옆을 신장(神將)이 지키고 있었어."

"신장이 뭐야?"

"악귀나 잡신 몰아내는 힘센 신 있어. 넌 그런 것도 모르냐? 하여간 무식해."

"그래서 신장이 뭐?"

"그 신장, 머리가 개 머리였어."

나는 누나가 확신에 찬 목소리로 '마지막 부적은 할머니한테 있어'라고 했던 말을 기억했다.

"그 개, 뭔지는 몰라도, 어쨌든 할머니를 지켜준 거야. 그 아주머니가 발작해서 간호사를 물고 나한테 씌기까지 했지만, 할머니는 아무 일 없었잖아."

"그건 그렇지만."

내가 마지못해 동의했다.

"그래도 할머니가 모처럼 깨어나셨는데, 또 무슨 일 생기는 건 싫어."

"그래. 그건 나도 싫다."

누나가 말했다.

"고모하고 엄마한테 누나가 얘기할 거지?"

"알았어. 말씀드려 볼게. 그런데 새로 옮길 병원은 알아본 거야?"

"응, 그게……."

나는 고모와 함께 보고 온 병원의 시설과 치료 내용, 그리고 필요 경비를 보고했다. 내 의견과 고모의 의견도

덧붙였다. 부모님과 상의해 봐야겠지만, 이라는 단서를 달면서도 누나는 내 의견에 대체로 동의했다. 전화를 끊으며 누나는 말했다.

"너, 그래도 사람 구실을 꽤 한다?"

"그럼, 내가 누군데."

"까불지 마. 끊는다."

새로운 시작

✦

할머니는 퇴원 후 병원에서 운영하는 실버타운에 입주하셨다. 말씀을 거의 못 하시고 거동이 많이 불편하셔서, 항시 옆에서 돌볼 간병사를 구해야 했다. 이사를 마치고, 간병사를 소개받고, 할머니는 재활 치료를 시작하셨다. 할머니의 건강 상태와 생활이 안정을 찾아가면서 가족들의 생활도 점차 이전의, 평소의 모습을 되찾아 갔다.

그리고 나는 여자 친구를 사귀게 되었다.

소개해 준 사람은 뜻밖에도 사촌 동생이었다. 대학원 선배라고 했다. 나이는 나보다 네 살 아래였고, 직장을 다니다가 그만두고 대학원에 들어와서, 돌아오는 봄이면 석사 2년 차가 된다는 아가씨였다. 학력이 나보다 좋다고, 부모님은 만나기도 전부터 말만 듣고 지레 걱정하셨지만, 막상 만나고 보니 생각보다 무척 대하기 편한 사람이었다. 키가 작고 날씬했으며, 얼굴이 희고 눈이 큰 미인이었다. 불그스름한 기가 도는 갈색의 길고 숱 많은 머리카락이 등 뒤에서 찰랑거려서, 처음 만났을 때부터 나는 그 머리카락을 한번 만져보고 싶다고 생각했다.

그녀를 만나고 나서 내 생활에는 여러 가지 변화가 생겼다. 주로 긍정적인, 발전적인 변화들이었다. 영어 전문 교육자 자격증을 땄고, 지금까지 있었던 곳보다 일이 훨씬 바쁘지만 조건도 훨씬 좋은 학원으로 직장을 옮겼다. 이런 과정에서 나는, 이제까지 용돈벌이 정도로 취급했던 학원 강의를 나의 '생업'으로 진지하게, 전문적으로 받아들이게 되었다.

가족과의 관계도 변했다. 이제까지의 나는 언제나 심심한 어린아이였다. 직업이라는 것을 심각하게 생각하지 않고, 생활에 중심이 없었으므로, 주변의 '어른'들이 '중요한 일'을 하기 위해 나와 놀아주지 않는 것을 섭섭하게 생각하고, 주위 사람들에게 무시당한다는 자격지심을 가지고 있었다.

그러나 내 일에 정신을 쏟고, 내 생활이 중요해지면서, 주변에서 나를 어떻게 대하는지, 나의 자질구레한 욕구에 바로바로 응대해 주는지, 그런 남들의 시선에 크게 신경 쓰지 않게 되었다. 나에게 내 생활이 중요한 만큼, 그들에게도 그들의 생활이 중요한 것이다. 그런 생활의 와중에 시간과 의향이 맞아떨어지면 함께 의미 있는 한때를 보낼 수도 있다. 혹시 그렇게 뜻대로 풀리지 못하더라도 다음을 기약하면 된다.

어른이 된다는 것이, 그렇게 무섭고 괴로운 일만은 아니라고 나는 생각하게 되었다. 한 사람 몫을 하게 된다는 건 멋진 일이었다.

그리고 그런 변화의 중심에 그녀가 있었다.

내가 자격증 과정을 마치고 직장을 옮기면서, 그리고 그녀가 석사 마지막 학기에 접어들면서, 우리는 언젠가 빠른 시일 내에 결혼하기로 자연스럽게 합의를 보았다.

다만 그 '언젠가'에 있어서는 나와 그녀의 의견이 약간 달랐기 때문에, 정확한 시기는 합의를 보지 못했다. 그녀는 학위를 따고 나면 다시 일을 하고 싶어 했으므로, 기혼 신분이 되면 취업에 지장이 있을 것을 우려했다. 나는 반대로, 그녀가 아직 학생이고 시간 여유가 있을 때 결혼하는 편이 좋다고 생각했다.

이 문제로 우리는 자주, 오랜 시간 토론했다. 가끔은 가벼운 말다툼으로 번질 때도 있었다. 그녀가 물었다.

"왜 그렇게 빨리 결혼하려고 해? 우리 이제 만난 지 반년밖에 안 됐잖아?"

"그래도 너나 나나, 나이가 있잖아."

"내 나이가 어때서? 그리고 오빠도, 요즘 남자치곤 늦은 것도 아냐."

"어쨌든 난 빨리 결혼하고 싶어."

내가 고백했다.

"빨리 너하고 결혼하고 싶어."

"……."

189

"넌 나하고 결혼하기 싫어?"

그녀는 생각했다. 그리고 대답했다.

"나도 오빠하고 결혼하고 싶어."

"그럼 빨리하자."

"……"

"안 돼?"

마침내 그녀가 웃었다.

"그래, 빨리하자."

할머니

✦

그녀의 동의를 얻었기 때문에, 나는 가장 먼저 할머니께 보고했다.

"……."

할머니는 대답하지 않았다. 그러나 아직도 말씀을 잘 못 하셨기 때문에, 나도 딱히 할머니가 적극적으로 의견을 표명하리라고는 기대하지 않았다.

"지금은 그냥, 올해 안에 하자고만 정했어요. 아직 어머니, 아버지한테도 말씀 못 드렸어요. 할머니한테 제일 먼저 말씀드리는 거예요."

"……."

"날짜 정해지면 또 제일 먼저 말씀드릴게요."

할머니는 고개를 설레설레 저었다. 그리고 말했다.

"여우……."

나는 웃었다.

"애는 달라요, 할머니. 민경이가 소개해 줘서 만난 애예요. 대학원생이에요. 신원이 확실하다고요."

할머니가 다시 말했다.

"여우……"

"할머니."

내가 설득했다.

"할머니가 저 걱정해 주시는 거, 저도 알지만, 이젠 걱정 안 하셔도 돼요."

"……"

"저, 이제 전처럼 엄벙덤벙 살지 않아요. 앞으로는 제 몫 다 하면서 살 거예요. 걱정하지 마세요."

"버스……. 사고……."

"저도 알아요, 할머니."

"……"

"그렇지만 애는 제가 혼자 밤길 가다가 멋대로 홀린 게 아니에요. 이제는 정신 바짝 차리고 살 거예요. 그런 일 다시는 없을 거예요. 걱정 안 하셔도 돼요."

할머니가 얕게 한숨을 쉬셨다. 눈에서 눈물이 흘러나왔다.

할머니의 눈물을 보는 것은 태어나서 처음이었다.

죄책감이 가슴을 저몄다.

나는 할머니의 눈물을 닦아드리며 말했다.

"걱정하지 마세요, 할머니."

"……"

"조만간 데려와서 보여드릴게요."

"……."

"지은이, 좋은 애예요. 직접 보시면 할머니도 좋아하실 거예요."

누설

✦

함께 할머니를 뵈러 가자는 말에 그녀는 조금 곤란한 표정을 지었다.

"왜, 싫어?"

"싫은 게 아니라……, 좀 무서워서."

나는 웃었다.

"뭐가 무서워? 우리 할머니, 그런 분 아냐."

그녀는 여전히 걱정스러운 눈치였다.

"날 마음에 들어 하실까?"

"좋아하실 거야."

나는 그녀의 폭신폭신한 머리카락을 쓰다듬었다.

"좋은 분이셔. 너도 만나 뵈면 좋아하게 될 거야."

"응……."

나는 할머니의 눈물을 떠올렸다. 그녀에게도 미리 언질을 주어야 한다고, 말을 꺼냈을 때부터 생각하고 있었다.

"지은아."

"응?"

"네가 알아뒀으면 하는 게 있어."

"뭔데?"

그녀의 커다란 갈색 눈이 나를 바라보았다.

"우리 할머니가 좀 구식이셔서……. 미신 같은 것도 많이 믿으시고, 사주나 궁합 같은 것도 따지시는 편이야."

"그래?"

"지금은 몸이 많이 불편하셔서, 아마 뭘 자세히 물어보거나 말씀을 길게 하진 못하시겠지만……. 그냥 알아두라고."

"응."

그녀가 고개를 끄덕였다. 나는 잠시 생각한 후에 결심하고 말했다.

"그리고, 말이 나온 김에 말인데."

"응."

"우리 누나도, 비슷한 얘기를 할지도 몰라."

두려움에 찬 그녀의 표정을 보고 내가 말했다.

"우리 집, 그렇게 이상한 집안 아냐. 그냥 내가 예전에 좀 바보짓을 한 적이 있어서 그래."

"그런 거, 별로 알 필요 없는데……."

그녀가 당황한 얼굴로 말했다. 그러나 나는 전부 이야기하고 싶었다.

"다른 사람한테 듣기 전에 내가 먼저 얘기해 두고 싶

어서 그래."

"오빠, 저기……."

"나한테는 중요한 얘기니까, 그냥 좀 들어줘. 할머니 말씀으로는, 내가 여우한테 홀렸었대."

"……."

"작년쯤에 내가 탔던 버스가 교통사고를 당해서 사람이 많이 죽은 일이 있었어. 할머니 말씀으로는 그게 여우의 장난이라는 거야."

"……."

"뭐 꼭 그것만이 아니고, 그때 내가 좀 이상했나 봐. 난 기억이 안 나는데, 다니던 학원도 갑자기 그만두고, 오랫동안 연락이 안 됐던 적도 있었대."

"……."

"할머니가 쓰러지셨을 때도, 한 달이나 연락이 안 됐고……. 나중에 보니까 자취방에서 자고 있더래."

그녀의 비통한 표정을 보고 나는 말을 멈췄다.

"왜 그래? 내가 너무 쓸데없는 말을 많이 했나?"

"……."

"나 이제는 그런 식으로 살지 않아. 너 만나고 나서 나 완전히 달라졌어. 너한테 그 얘길 하고 싶었어."

"……그런 얘긴, 안 하는 편이 더 좋았을 텐데."

"지은아? 왜 그래?"

그녀는 손으로 눈을 가렸다. 손가락 사이로 눈물이 흘러 떨어졌다. 나는 당황했다.

"왜 울어? 내가 뭐 잘못 말했어?"

"약속했잖아……."

"뭘? 무슨 약속?"

"평생 말 안 하겠다고……. 절대로 입 밖에도 안 내겠다고……. 약속했잖아……."

"뭐가? 지은아, 왜 그래?"

그녀가 얼굴에서 손을 뗐다. 눈물에 젖은 눈으로 나를 쳐다보았다. 피식 웃었다.

"약속한 것도 기억 못 하는구나……."

"지은아……."

"정말 약한 게 인간이구나. 믿은 내가 바보였어."

"지은아, 무슨 소리야……."

"몰라서 물어?"

그녀가 뒤로 한 발 물러섰다. 나는 그녀에게 한 발 다가서려 했다. 그러나 발이 움직여지지 않았다.

"차라리 이렇게 되는 게 나아."

그녀가 뒤로 한 발 더 물러서며 말했다.

"평생을 함께 산 끝에, 고작 1년이 모자라서 실패하는 것보다는……. 차라리 지금 이렇게 헤어지는 게 나아."

"무슨 소리야, 우리가 왜 헤어져……."

내가 애원했다. 그녀는 담담하게 말을 이었다.

"할머니께는 죄송하다고 전해드려. 해칠 생각은 없었어."

그리고 그녀는 약하게 미소 지었다.

"하지만 꼭 만사가 생각대로 되는 건 아냐. 할머니 말씀대로, 난 원래 사람을 해치니까."

"왜 그러는 거야……. 네가 뭘 해쳤다고 그래……."

"이젠 끝이야."

그녀가 조용히 말했다.

"당신을 위해서, 사람이 되고 싶었어. 해치지 않고, 좋아하는 사람과 평생 같이 살고 같이 죽는 걸, 나도 해보고 싶었어, 그 사람이 당신이라서."

"지은아……."

"함께 있어서 행복했어. 당신도 나만큼 행복했어?"

"지은아, 이러지 마……."

"행복했던 거, 기억해 줬으면 좋겠어."

그리고 그녀는 내 눈앞에서 공중으로 흩어져, 사라져 버렸다.

3부

할머니

✦

"……그렇게 됐어요, 할머니."

할머니는 대답하지 않았다.

"완전히 떠나버렸어요."

"……."

"아마 앞으로, 다시는 돌아오지 않을 거예요."

나는 휠체어에 앉은 할머니의 손을 쥐었다.

"그러니까 이젠, 아무 걱정 마시고 빨리 완쾌하세요."

할머니가 갑자기 내 손을 꽉 쥐었다. 깨어나던 날 그랬듯이, 전혀 예상하지 못했던 힘이었다. 나는 할머니를 쳐다보았다.

할머니가 내 눈을 마주 보고 웃었다.

"앞으로 모든 게 다 잘될 거다."

할머니가 말씀하셨다.

"이젠 모든 일이 순리대로 흘러갈 거야."

나는 너무 놀라서 아무 말도 할 수 없었다.

"그러니까 너도, 걱정하지 마라."

할머니의 목소리는 가늘고 갈라져 있었으나, 분명하고 힘이 있었다. 할머니가 이렇게 완전한 문장으로 길게 말씀하신 것은 의식 회복 후 처음 있는 일이었다.

나는 전화기를 꺼냈다. 서둘러 어머니에게 전화했다.

"할머니가 말씀을 하셨어."

내가 전화기에 대고 소리쳤다.

"분명하게, 긴 문장으로 말씀하셨어!"

"에미냐?"

할머니가 물으셨다.

"전화 이리 줘봐라."

나는 할머니께 전화기를 드렸다.

"에미야, 나다."

할머니가 웃으면서 말했다.

"아무 걱정 하지 마라."

전화기 저편에서 어머니가 흥분하여 뭔가 외치는 소리가 조그맣게 들렸다. 할머니가 다시 함빡 웃으셨다.

"그래, 앞으로는 모든 일이 순리대로 풀릴 거다."

그 말을 마지막으로, 할머니는 두 번째 뇌졸중을 일으키셨다.

그 후

✦

이제 3주째, 할머니는 아직도 의식이 없다.

다시 한번 저승의 개를 만나기 위해서, 나는 실버타운의 할머니 방에 음식을 차려놓고 하룻밤을 지냈다. 깨어났을 때는 동이 트고 있었다. 음식도 술도 손대지 않은 그대로였다. 방에는 나 혼자뿐이었다.

할머니가 계시던 아파트는 실버타운으로 이사하기 위해 팔았다. 수상하기 짝이 없어 보일 의식을 치르기 위해 이미 남의 집이 된 그곳에 한밤중에 들어갈 수는 없었다. 할머니의 재봉틀과 반짇고리도 아파트를 팔 때 모두 처분되었다.

나는 작년 여름의 버스 사고 기사를 찾아보았다. 신문을 여러 종류나 뒤진 끝에 관련자들의 실명이 모두 게재된 기사를 찾을 수 있었다. 사고 이틀 후 날짜의 기사에 따르면 생존자는 승객 최기준 씨(34세), 그러니까 나뿐이었다. 버스 안에서 난동을 부리고 운전기사를 폭행하여 사고를 일으킨 박정길 씨(46세)는 혐의를 모두 인정하고 체포되었으나 구금 중 발작을 일으켜 병원으로 옮겨지는 도중 사망했다. 버스 운전기사 김용관 씨(28세)는 머리에 심한 부상을 입고 병원으로 옮겨졌으나 중태라고 했다. 기사에는 미처 나오지 않았으나 그는 다음 날 같은 병원에서 사망했다. 나머지 승객 다섯 명도 모두 사망했다. 사망자 명단에는 병원에서 누나에게 덤벼들었던 아주머니(이명숙 씨, 42세)와, 아주머니에게 목을 물린 간호사(황지은 씨, 26세)도 포함되어 있다.

나는 아무도 구해내지 못했다. 내가 간신히 구해낼 수 있었던 사람은 단 한 명, 나 자신뿐이었다.

다시 흰 붕대로 머리를 감싸고, 코와 팔에 관을 꽂고 누운 할머니를 보면서, 나는 기원한다. 한 번만 더 그녀를 만나게 해달라고. 한 번만 더 저승의 개를 만나게 해달라고. 한 번만 더 그 세계와 접촉하게 해달라고.

그녀를 다시 만나면, 이번에는 나를 데려가 달라고 할 것이다. 내 남은 수명을 줄 테니, 할머니를 구해달라고 할 것이다. 그녀는 틀림없이 방법을 알 것이다. 할머니를 구할 방법을 모른다면, 최소한 저승의 검은 개를 만날 수 있는 방법이라도 알 것이다.

그렇게 할머니를 구하고 나면, 나는 그녀와 함께 있게 될 것이다. 그러면 나는 사랑하는 가족이 죽어가는 모습을 지켜보지 않아도 된다. 언젠가 다가올 노년과 질병과 죽음을 두려워하지 않아도 된다. 이승과 저승의 경계에 머무르며 살지도 죽지도 않은 채로, 오로지 꿈결처럼 몽롱하게, 그녀만을 좇으며, 그녀에게만 몰입한 채로 존재할 수 있게 된다. 그녀와 보냈던 시간의 기억을 나는 대부분 잃었지만, 그 맹목적인 몰입이 주던 행복감은 기억한다. 나는 다른 무엇보다도 그것이 그립다.

이것은 생로병사 중에서 생(生)밖에 경험해 보지 못한, 젊고 어리석은 인간의 나약함이다.

사람은 언젠가는 늙고 병들고, 죽는다.

나는 받아들일 수밖에 없다.

할머니는 영영 깨어나지 못하실지도 모른다.

나도 언젠가는 늙고 병들어 죽을 것이다.

대응책은 하나뿐이다. 최선을 다해 남은 날들을 살아내는 것이다. 죽음을 생명으로 극복하는 것이다.

*

평일 아침의 학원에는 아직 사람이 별로 없다. 새벽반 수업을 마치고 나와서 고모에게 전화한다. "계속 똑같지, 뭐." 고모가 한숨을 쉰다. "저녁에 갈게요." 나는 약속한다.

전화하면서 직원실로 들어간다. '직원실'이라고 해봤자 두 사람이 들어서면 꽉 차는 좁은 공간이다. 그러나 그곳에는 무제한 제공되는 간식과 커피가 있다.

문을 열려는 순간 안에서 사람이 나온다. 부딪칠 뻔했다.

"죄송합니다."

상대가 먼저 사과한다. 나도 사과한다. 안으로 들어간다.

커피믹스 상자 옆에 뭔가 떨어져 있다. 나는 집어 든다. 작은 치약 통처럼 생긴 투명한 플라스틱 튜브다. 내용물 때문에 분홍빛으로 보이는 표면에는 '하이-샤인 립 트리트먼트 14호'라는 검은 글자가 박혀 있다.

나는 커피를 내려서 들고 직원실을 나온다. 옆 강의실을 들여다본다. 일본어 강사가 혼자 앉아 있다. 종이컵을 앞에 놓고, 언제나 그렇듯 교재에 고개를 푹 파묻은 채 뭔가 중얼중얼 연습하는 중이다.

"이거 선생님 거죠?"

나는 립글로스를 그녀의 눈앞에 들이민다.

"어? 어디서 찾으셨어요?"

그녀가 고개를 든다. 길고 시원한 눈매에 입술이 도톰한, 고전적인 미인이다.

"직원실에 있던데요."

"제 건 줄 어떻게 아셨어요?"

"방금 나가셨잖아요."

"그랬나?"

그녀는 학원에서 조금 괴짜로 통한다. 언제나 교재에

고개를 푹 파묻고 뭔가 중얼거리고 있다. 그러나 학생들 사이에서는 평판이 좋다.

"수업 잘하세요."

인사를 하고 나는 돌아선다.

"최 선생님, 점심 언제 먹어요?"

뒤에서 그녀가 부른다.

"10시 반 수업 끝나고요. 왜요?"

"냉면 먹으러 갈래요?"

"냉면 좋죠."

"이따 강의실로 갈게요."

그녀는 다시 교재에 얼굴을 파묻는다. 나도 내 강의실로 향한다.

인연이란 알 수 없다.

그리고 나는, 주어진 생을 살아야 하는 것이다.

오래전의 여우 이야기

1.

이 소설을 읽어주시는 독자분들께 우선 감사의 말씀과 함께 몇 가지 설명을 드리고자 한다. 《호》 1부의 '그'와 2부의 '나'는 같은 사람이다. 소설의 흐름상 주인공이 기억을 일부 잃고 1부에서 일어난 일들을 2부의 '나'는 나중에 남의 일처럼 제3자에게 듣게 되므로 대명사를 다르게 사용했다. 의도대로 잘 표현된 것 같지는 않지만 하여간원래 집필할 때 의도는 그랬다.

그리고 또 한 가지, 의료진을 포함하여 병원 관계자분들은 본인이나 가족이 아닌 상관없는 사람에게 타인의 개인 정보를 절대로 알려주지 않는다. 소설은 소설일 뿐이다.

2.

《호》를 쓴 이유는 언제나 그렇듯이 돈과 명예에 대한 욕심 때문이었다. 이 소설은 2008년 디지털문학상 모바일 부문 우수상을 수상했다. 디지털문학상은 한국 전자출판 산업을 진흥시킨다는 목표 아래 문화체육부가 후원하여 2006년에 시작된 공모전이다. 2006년은 아이폰이 처음 발매되기 5년 전이니까 아직 스마트폰이라는 개념이 일반적으로 알려지지 않았던 시절이다. 그런 시대에 디지털문학상은 수상 작품 종이책과 함께 전자책과 오디오북, 그리고 '모바일북'을 함께 출시한다는 매우 야심 찬 조건을 내걸었던, 지금 생각해 보면 대단히 선구적인 공모전이었다. 당시로는 상당히 드물게도 응모작은 전부 온라인으로만 접수했으며, 공모전 주최 측에서 지정한 웹사이트에 가입해서 그 웹사이트 안에서 사용하는 편집기만 사용해서 작품을 업로드해야 했다. 그래서 이 소설을 처음 썼을 때는 그냥 일반적인 문서 편집 프로그램을 사용했다가 응모할 때는 주최 측 웹사이트에서 지정한 분량에 맞춰 챕터별로 전부 잘라서 업로드해야 했다. 그래서 챕터를 자를 때 독자가 다음 챕터를 읽고 싶을 만한 부분에서 자르려고 줄거리도 조금씩 편집하고 수정하면서 최종 응모를 했다. 나중에 알고 보니 이렇게 한 화면에 노출되는 분량과 자르는 지점과 줄거리가 유기적으로 연결되는 방식이 웹소설의 특징이기도 했다. 그러니까 나는 디지털문학상 주최 측이 의도한 대로, 웹소설이 유행하기 전에 웹소설을 썼던 셈이다. 덧붙이자면 《호》는 종이책으로도, 전자책이나 오디오북이나 모바일북으로도 출간되지 않았고 디지털문학상은 이후에 소리 소문 없이 사라졌으며 수상자로서 주최 측과 맺었던 계약 관계는 이미 십수 년 전에 종료되었다. 나는 대학원을 졸업하고 한국으로 돌아왔다. 소설을 계속 쓰긴 썼다. 그러나 나는 하루 중 대부분을 전혀 다른 일을 하면서 지냈다. 15년 전에 쓴 이야기를 다시 들여다보면서 기술의 발전 덕분에 일상에 나타난 몇몇 변화를 작품에 반영하기는 했는데 소설의 분위기 전체가 지금 현실에 맞게 업데이트되었는지 여전히 조금 걱정된다.

3.

2008년 여름에 외할머니가 돌아가셨다. 나는 외할머니 손에서 자랐고 그 전에 가족의 죽음을 경험해 본 적이 없었으며 외할머니가 뇌출혈로 쓰러져 입원하셨을 때 러시아에 가 있었다. 그래서 귀국해서 이모들과 함께 중환자실에 다니며 할머니가 죽어가는 모습을 지켜보는 과정은 어마어마한 고통이었다. 장례를 치른 뒤에 할머니 사망신고도 내가 했고 할머니가 사용하시던 유선전화와 휴대전화 등을 해지하는 일도 내가 했다. 그리고 나는 할머니가 돌아가시기 전에, 내가 러시아 간다고 말씀드렸더니 서랍에서 꺼내서 주셨던 새 양말을 껴안고 나흘 정도 잠을 전혀 못 자고 계속 울었다. 그리고 고체 음식을 먹으면 위장이 찢어질 듯 아파서 석 달 정도 밥을 제대로 먹지 못해 옷이 전부 헐렁해졌다. 주변 사람들이 많이 걱정했지만 나는 할머니가 돌아가셔서 괴로워하는 것은 내가 할머니를 사랑했기 때문이며 그러므로 가족으로서, 손녀로서 지극히 정상적인 일이라 생각했다. 그러니까 잠을 못 자고 음식을 못 먹는 건 괴로웠지만 슬퍼할 만한 일이니까 슬퍼하고 괴로워할 만한 일이니까 괴로워하는 건 정상이라는 뜻이다. 그리고 몇 달 동안 그렇게 슬퍼한 뒤에 나는 조금씩 회복했다. 《호》는 그런 경험이 남긴 흔적이다. 할머니가 아직 병원에 계실 때 썼던 이야기라서 소설 속에서 주인공의 할머니는 아직 병원에 계신다. 나는 그때 정말로 할머니가 회복해서 퇴원하시기를 간절히 바랐다.

4.

작가 개인의 경험과 별개로 소설이라는 측면에서 이 이야기를 쓸 때 러시아/우크라이나 작가 미하일 불가코프 소설 《거장과 마르가리타》(Мастер и Маргарита/The Master and Margarita, 1940)의 상상력에 크게 영향을 받았다. 《거장과 마르가리타》는 내가 번역해서 2010년에 민음사 세계문학전집으로 출간되었다. 불가코프는 우크라이나 수도 키이우의 유서 깊은 정교 신학자 집안 출신이며 공산 혁명이 일어났을 때 우크라이나 독립군에서 활동했고 평생 소련 공산 독재 체제와 스탈린의 폭압적인 정권에 저항했던 인물이다. 《거장과 마르가리타》는 불가코프 평생의 역작이다. 이 작품에서는 1930년대 소비에트 러시아 모스크바에 악마 볼란드와 그 일당이 나타나 여러 가지 소동을 일으키는 가운데 예수 그리스도가 처형당하던 2000년 전 예루살렘의 상황들이 악마의 이야기 속에서 교묘하게 20세기 모스크바의 현실과 뒤얽힌다. 나는 《거장과 마르가리타》 등장인물 중에서 특히 말하는 거대 검은 고양이 베헤모트를 가장 좋아한다. 베헤모트는 정말 웃기다. 심술궂고 귀엽고 재미있고 어딜 가나 엉망진창 소동을 일으키고 아주아주 웃기다.

물론 나의 상상력은 불가코프만큼 깊이 있거나 방대하지 못하다. 감히 내 소설을 불가코프와 비교할 수는 없다는 건 나도 안다. 그래도 사람이 가끔 좀 원대한 꿈을 가져볼 수는 있는 일이라고 생각한다. 어쨌든 나는 불가코프의 신학적인 혹은 대중적이고 민속적인 거침없는 상상력을 내 방식대로 따라 해보고 싶었다. 그래서 검은 고양이 대신에 검은 개를 등장시켰다. 그리고 훨씬 나중에 알고 보니 저승에 관한 중국 신화에도 염라대왕을 보좌하는 저승 공무원(?) 중에 개 머리를 가진 존재에 대한 이야기가 있었다. 이 개 머리 저승사자는 집세를 제대로 내지 않는 세입자를 처벌한다고 한다. 저승에 가서까지 집세 걱정을 해야 하다니 정말 너무하다. 주거권 보장하고 빈곤 철폐하고 자본주의 타파하자.

5.

오래전 할머니를 돌봐주셨던 중환자실 의료인 선생님들께 앞으로도 오랫동안 언제나 감사할 것이다. 팬데믹을 뚫고 나와 지금도 누군가의 목숨을 살리기 위해 애쓰고 계시는 의료인분들께 감사드린다.

6.

오래된 이야기를 다시 찾아내 먼지를 털고 윤을 낼 수 있도록 구석구석 잘 보살펴 주신 인다 출판사와 편집자님께도 감사드린다. 독자 여러분께서 재미있게 읽어주시면 좋겠다.

정보라

호

발행일 2023년 6월 19일 초판 1쇄

지은이 정보라
기획 그린북 에이전시·읻다
편집 김준섭·이해임·최은지·김보미
디자인 형태와내용사이
제작 영신사

펴낸곳 읻다
펴낸이 김현우
등록 제2017-000046호. 2015년 3월 11일
주소 (04035) 서울시 마포구 양화로 11길 64, 401호
전화 02-6494-2001
팩스 0303-3442-0305
홈페이지 itta.co.kr
이메일 itta@itta.co.kr

ISBN 979-11-89433-85-7 04810
ISBN 979-11-89433-84-0 (세트)